あやかし祓い屋の旦那様に嫁入りします

ろいず Roizu

アルファポリス文庫

https://www.alphapolis.co.jp/

目次

麗らかな春にお嫁入りしました

春の暖かい日差しの中を白い馬の背に揺られ、白無垢姿のわたしは桜の花びらが舞い散る神社の境内を、夢うつつに進んでいた。

ゆっくりと歩く馬の赤手綱を、花婿である黒い着物の男性が引いている。

そのとてもゆったりとした揺れと日差しの心地よさに、わたしは眠気と戦っていた。

まだ婚儀の前だというのに、花嫁が眠りこけてしまうなんて、あってはならない。

ああ、しかし……眠いものは、眠い。

明日が結婚式だと思うと、昨夜は結局一睡もできなかったのだ。

この春の心地よい暖かさが、わたしを眠りへと誘っていた。


「……め、どの」

「……嫁殿」

「花嫁殿。そろそろ、起きられよ」

膝を揺さぶられ、わたしは「ふが……？」と、寝ぼけた声を出した。

わたしを揺さぶった人は、少し困った顔をしているのだと思う。

だと思う……というのは、その相手である花婿は、口から上の素顔が見えないからだ。四角い白い布で顔の半分を隠している。

ただ、口調や雰囲気から、この人がどのような表情をしているかが分かる。

「あら？　わたし、寝ていましたか？」

「ええ、少しだけ。もう祭壇の前です。馬から降りられる準備を」

祭壇ということは、境内からここまでそれなりの距離があったはずだから、五分以上は確実に夢の中にいたようだ。

彼は口元に笑みを浮かべ、こちらに手を差し出す。

わたしはそこに手を重ねた。

「お手数をおかけいたします」

「よく眠られていたので、式の間は眠気はないと思いますよ」

「もう、意地悪ですね」

「ふふっ、花嫁殿が寝るとは思いませんでしたから」

気恥ずかしさに愚痴(ぐち)るが、彼は穏やかに笑ってわたしを馬から降ろしてくれた。

彼に手を引かれ、もう片方の手で白無垢(しろむく)の前身頃が地面につかないように持ち上げて歩く。

軽く摘まんでいるように見えて、実はとても重い。走って祭壇に行き、一秒でも早くこの重たい白無垢(しろむく)から手を放したいぐらい、指先は悲鳴をあげている。

けれどそんなことは許されず、ようやく婚礼を挙げる祭壇にたどり着いた。

祭壇の両側には、それぞれの親族が並んで立っている。

まるで能面を張り付けたような両家の人々。せっかくの祝いの門出(かどで)だというのに、笑い一つありはしない。

普段は口やかましいわたしの両親ですら、今はまるで他人のようだ。

ああ、本当に、一族の命運をかけた大義を押し付けられてしまったのだと実感する。

「花嫁殿。ぼうっとしていると、手順を間違えてしまいますよ」

「はい。すみません」

小声で花婿とやり取りをする間も、神主が祝詞を口にし、式は恙なく進行していく。

口を濡らしただけの御神酒は味すらわからなかったが、わたしは桜舞う美しい春に嫁入りした。

祓い屋〈縁〉の八代目コゲツの妻に、わたしはなった。

第一章　盗泉

　近隣に建物もない郊外のとある場所に、その古い瓦屋根の一軒家は建っている。灰色のブロック塀に囲まれた、小さな庭があるだけの、なんの特徴もない二階建ての家だ。

　玄関のガラス戸にかかった木の表札には『一』とある。

『一』と書いて、『ほし』と読む。

　普通では見ない読み方をする、珍しい苗字である。

　わたしはこの一軒家で、一ミカサとして、一コゲツという二十七歳の夫と暮らし始めた。

「嫁殿、起きられたか？」

　黒いサラサラとした腰まである長い髪を赤い紐で結い、白い布で顔の上半分を隠した背の高い青年は、形の良い唇で優しく笑ってみせる。

この青年がコゲツ。わたしの夫だ。

痩せているが筋肉もきちんとついた体を、白いシャツと黒いスラックスに包んでいる。

輪郭から、白い布の下は標準より整った顔をしているのではないかと思っているけれど、残念ながらわたしはコゲツさんの素顔を知らない。

コゲツさんを見上げて、わたしも小さく笑った。

「はい。おはようございます」

「おはよう、嫁殿。朝食の準備ができていますから、参られよ」

彼はそれだけ言うと、部屋を出て階段を下りていく。

それを見送ってから、わたしは肩まで伸びた髪を二つに結んだ。制服の小鹿色のブレザーに、赤と茶のチェックが入った同色のスカートを着る。そして学校指定の白い靴下。白色以外は駄目で、許されるのはワンポイントの刺繍くらいだ。

顔に布をつけた素顔のわからない夫に対し、妻のわたしは平凡な十六歳。

結婚したばかりのわたし達は夫婦としてはまだ距離があるけれど、コゲツさんのおかげで、わたしは高校へ通うことができていた。

わたしの一族の本家は水島と言い、分家の江橋家がわたしの実家だ。

元々、本家や他の分家の親族とは、お正月に顔を合わせるだけの関係だった。年始に水島家に集まり、水島家当主の挨拶を聞いている間に、旅館に出てきそうな料理が配膳される。それを行儀よく食べて帰るのが通例だ。

幼い頃は同年代の従姉妹達もいたはずだけれど、気付けば水島家の屋敷に呼ばれる子供は、わたしだけになっていた。

ある年の集まりで、一族から一家に嫁ぐ花嫁探しが行われた。

花嫁を決める試験がどのようなものだったのか記憶は定かではないけれど、幼いわたしは難なく花嫁資格を得たらしい。

それ以来、水島家の屋敷に定期的に呼ばれ、十六になると同時に嫁ぐことが決定事項となった。

わたしが一家へ嫁ぐことが水島家を助けることになるらしいのだが、両親は「うちの娘がなぜ?」と猛反対していた。

しかし、本家に対して分家の力はないに等しい。

両親や親族達の間でどのような話し合いがされ、この縁談がまとまったのか、わたしは知らない。

わたしが中学を卒業した十五歳の時、外国産の黒塗りの車が我が家へ来た。それを見て、一般のサラリーマン家庭が敵う相手ではないと悟った。その車で水島家へ連れて行かれ、わたしの花嫁修業が始まった。

これから高校に通うことはないだろうと、諦めて過ごす日々……

花婿になるコゲツさんは水島家を訪れては、デートと称してわたしを色々な場所へ連れ出し、息抜きをさせてくれた。

そして、わたしに高校受験を勧めてくれたのもコゲツさんだった。

水島家の当主に口利きをしてくれて、嫁入り後に、高校へ入学することができた。

「嫁殿。今日の弁当とハンカチです。持って行きなさい」

コゲツさんはピンクのチェック柄のお弁当袋と、紫陽花(あじさい)の刺繍が入った白いハンカチをちゃぶ台に置く。

「ありがとうございます」

頭を下げてカバンにお弁当袋を入れ、ハンカチを制服のポケットに入れると、彼の口元が綻(ほころ)ぶ。

コゲツさんが笑うと、雰囲気が春の陽だまりのように温かくなる。

物腰の柔らかな声は耳に心地よく、彼の声はわたしが好きなところの一つだ。

わたしのためにお弁当を作り、朝食を用意してくれる家庭的な面も、親元から離されたわたしに家族の温かさを与えてくれる。

コゲツさんは親切な人だ。

ただ一つ、文句があるとすれば……

「どうかしましたか？　嫁殿」

じっと見つめるわたしに、コゲツさんは少しだけ首を傾げる。

「あの、コゲツさん……その、口調を、変えませんか？」

「口調、ですか？」

コクコクとわたしは頷いた。

「少しだけ、時代が古い？　堅苦しいかなって思って……」

今時の人と比べて、彼の口調は少し古風な気がする。

古典文学でも聞いているような時代錯誤の口調が、二十七歳にしては渋すぎると、わたしは常々思っていたのだ。

「ふむ。では、私も口調を改めましょう。ですから、嫁殿も私に気兼ねなく、普通の口調でお願いします。あと、私のことはコゲツと呼び捨てで構いません」

十以上年の離れた人を呼び捨てにしていいのか迷うところもあるけれど、夫婦なのだし、距離を縮めて仲良く暮らすなら、わたしも歩み寄るべきだろう。

「コゲツ……で、良いですか？」

「ええ。ゆっくり慣れていってください」

わたしの頭を撫でて、コゲツさん――コゲツは口元に笑みを浮かべる。

こうしたところは、水島家にいた十五歳の頃から変わらない。……子供扱いされている気がしないでもない。

「今日は、学校は何時ぐらいに終わりそうですか？」

「今日は六時限目まであるから、帰宅は十六時頃になりま……なるよ。コゲツは？」

「私は、いつも通りです」

「そうなんだ……」

コゲツのいつも通りは、よく分からない。

特に働いているようには見えない。けれど、わたしが学校へ行っている間にどこかへ出かけている風でもある。

たまに学校から帰ると、お土産を買ってきてくれていて、それは県外の物が多い。

コゲツの服装が朝見たものとは違うこともあるから、気になるところではある。

でも、コゲツにつっこんで尋ねる勇気は、今のわたしにはない。

ただでさえ顔半分を布で隠しているような人だし、わたしが嫁ぐことで本家や親族の命運が左右されるというのだから、何かあることは分かる。

分かるけれど、あえてそれを聞いて、この現状が壊れてしまうことが怖い。

コゲツはわたしの夫。顔半分を見せないような人で、謎めいた人。

嫁入りに関して、不満は多々あった。

花嫁修業を強いられて、水島家の屋敷では座敷牢のような部屋に押し込まれ、泣いてばかりの日々を過ごしていた。

そんなわたしを、コゲツは守ろうとしてくれた。

何やら影響力の強いらしい彼が何度も会いに来てくれたおかげで、水島家の人達の理不尽な厳しさは段々と減っていった。

高校へ行けるように手配をしてくれて、一年遅れでも入学できたのはコゲツのおかげだ。

コゲツいわく、学生のうちは勉学に励むこと。

家事を一切わたしにさせないのも、それが一因。わたしをとても甘やかしている。

だから、わたしはコゲツとのこの甘く優しい日々を、不用意な一言で失いたくない。

思いがけない答えが返ってきたら……と思うと、何も言えないのが現状だ。

「嫁殿、夕飯は何を食べたい？」

「んーっ、コゲツの好きな物でいいよ」

「嫁殿の好きな物を覚えたい。だから、教えてほしい」

コゲツのこうした気遣いが、凄く好きだなぁ。

わたしを優先してくれるところは花丸をあげたいぐらい。

本当は素顔を突き合わせたいけれど、まだ一度も見たことがない。コゲツとわたしの間に線引きがされてしまっているようで、寂しいところだ。

いつかは見せてくれるだろうか？

好奇心は猫をも殺す……と言うし、今は我慢しておこう。

イギリスのことわざで、猫には九つの生があり、死んでも生まれ変わって次の生に向かうのだという。そんな猫が、持ち前の好奇心で命を落としてしまうことから、人への戒めに使われる言葉だ。

好奇心でこの生活を失ってしまっては、元も子もないからね。

それに、コゲツの口元と雰囲気で、どんな表情をしているか見当はつくから、答えを焦る必要もない。

「じゃあ、カレーコロッケ。コゲツ作れる？」

「ええ。任せてください。今日の夕飯は、カレーコロッケを作っておきますね」

「楽しみにしているね」

頷いて口元に笑みを浮かべたコゲツに、わたしも笑みを返した。

学校が終わり、商店街のアーケード通りを抜けていく。

この商店街は、とにかく誘惑が多い。右を見ても左を見ても、食べ物を扱っているお店ばかりが並んでいるのだ。

特に学校帰りの十代は腹ペコで、成長期真っ盛り。

このアーケード通りは、お腹が鳴って仕方がない。

クレープ屋から漂う甘い香り、ハンバーガーショップのポテトを揚げる匂いに、たい焼き屋の香ばしい生地に餡子の匂い。

そこにお総菜屋さんの焼きそばのソースの香りが加われば、誘惑としてはもう最強ではないだろうか？

「ヤバーい！　お腹空いたぁ～」

わたしの横で、同じ高校の同級生、美空千佳がお腹を片手で押さえて騒ぐ。

千佳はボーイッシュな、ショートボブのスポーツ少女である。ただ、今は左腕に痛々しいギプスをしていて、運動は休止中。

女子サッカー部の活動中に派手にコケて折ってしまったらしい。それで激しい運動を禁止されて、帰宅部のわたしと一緒に下校となったのだ。

クラスの中で特別仲が良いとも悪いとも言えない関係。ただ帰る方向が一緒で、人懐っこい千佳が声を掛けてくれたという訳だ。

「ミカサ、何か食べて帰らない？」

「ううん。今日の夕飯はカレーコロッケだから帰るよ」

「うん？　何それ？」

「わたしの好物。だから今日はお腹を空かせておいて、いっぱい食べるの。空腹は最高のスパイスって言うじゃない？」

笑顔でその誘いを断ると、千佳は一人で買い食いに走ることに決めたようだ。

ハンバーガーショップの前で別れ、わたしはそのまま家へ帰る。玄関に入る前から仄（ほの）かに香るカレーとコロッケの匂いに、お腹が鳴った。

「ただいまー」

「おかえり、嫁殿。手洗いとうがいをして、着替えたら味見をしてもらえますか？」

戸を開けるとすぐに台所からコゲツが顔を出した。わたしはうきうきと家に上がる。

「すぐに着替えてくるね！」

「まだ揚げたばかりですから、急がなくても……」

コゲツの言葉を「学生はお腹が空くの！」と遮（さえぎ）って、急いで洗面所へ向かった。

手洗いとうがいをして二階に上がり、自分の部屋で普段着に着替えると、再び台所へ戻る。

この手洗いとうがいは、子供の頃から厳しく躾（しつ）けられていた。

幼稚園や小学校でもさせられるものだけれど、うちの一族もコゲツの一族でも、度を越した躾(しつけ)の一つがこれだったりする。

理由としては『不浄なものは手に付きやすく、口に入りやすい』から。

子供の頃に親戚で集まった時、遊んだ後に一人だけ手洗いうがいをしなかった子がいた。その子は両親と一緒に親戚の前で激しく叱られた。

あんなものを見てしまっては、親のためにも自分のためにも手洗いうがいは重要だ、忘れちゃいけないと、子供ながらに強く意識した。

やたらと厳しいけれど、その甲斐あってか、風邪は引きにくいほうである。

「嫁殿。一番初めに揚げたものをどうぞ」

「カレーコロッケ大好き〜。では、いただきます！」

コゲツが菜箸でコロッケを二つに割り、半分をわたしの口元へ持ってくる。

はふっと、まだ熱いコロッケにかぶりつき、手で口を押さえながら咀嚼(そしゃく)した。

口の中に広がるカレーの風味と甘み、この甘みは玉ねぎだろうか？　粗挽きのひき肉はゴロゴロとした食感で、プッチリとした歯ごたえはコーンとグリンピースだろうか。

味もさることながら、食感が面白くて新鮮。

ソースをつけなくても味わいが深いのは、何か隠し味がありそうだ。

「コゲツ。これ、凄く美味しいよ！」

「それは良かったです。オーソドックスなカレーコロッケが今のもので、チーズ入りや半熟たまごの入ったものも用意してあります。夕飯に味わってくださいね」

「今まで食べたカレーコロッケの中で、一等賞かも」

「光栄です」

ただでさえこんなに美味しいのに、チーズ入りや半熟たまごのものまで用意するとは、お料理名人ではないかしら？

わたしも花嫁修業で家事スキルはひと通り叩き込まれたけれど、コゲツのひと手間かかった料理に敵うかは、正直に言えば微妙なところだ。

和風料理ばかりを叩き込まれたわたしに対し、コゲツは和風はもちろん洋風なものも得意だから、わたしの花嫁修業は必要だったかなぁ？　と、少しだけ思ってしまう。

「嫁殿。今日の宿題は？」

「うぐっ。小テストの間違いを直してこいというものが、あります」

「では、嫁殿の宿題が終わってから、夕飯にしましょうね」

ガクリと項垂れたわたしの口に、コゲツが残りのカレーコロッケを入れる。

コゲツに見送られて渋々ながら部屋へ戻り、カバンから小テストを取り出した。

ヒィヒィ言わされた受験がやっと終わったのに、まさか入学した後も勉強で泣くとは思わなかった。

花の女子高生ライフを満喫したかったけれど、理想と現実は違うようだ。果たして、学校帰りに遊んで帰る子達にはどこに宿題をやる暇があるのだろうか。

「高校でまで宿題があるなんて。中学までの制度だと思ったのになぁ」

しかも、中学では赤点をとっても進級はできるが、高校では進級できずに留年になってしまう。いつでもどこでも、勉強は真面目にしなさいということだ。

中学の頃は、どうせ卒業と同時に嫁入りで高校には行けないと思っていたから、勉強はかなりいい加減だった。

そのツケが今回ってきている。

いつ必要になるか分からないから、勉強はしないよりしたほうがいい。と、当たり前のことに気付く十六歳のわたしである。

「そういえば、千佳は買い食いして帰ったみたいだけど、あの手でちゃんと食べられたかな？　勉強も大変そうだし……」

　小テストと英和辞典を交互に見ながら、現実逃避に千佳も宿題をしているかな？と、つい手が止まってしまう。

「嫁殿、お茶ですよ」

「あ、はーい。ありがとうございます」

　コゲツが部屋に入ってきて、淹れ立てのお茶を手渡してくれた。

　仄（ほの）かに優しいこの香りは、玄米茶だろう。

　わたしがお茶を飲むと、コゲツは机の上の小テストに目をやった。

「嫁殿は、英語は苦手ですか？」

「うーん。日本人なら日本語でオッケーって、思っているよ」

「その『オッケー』も英語ですよ。手伝ってあげますから、早く終わらせましょうね」

　そんなコゲツの手伝いもあり、なんとか宿題は終わったものの、夕飯のカレーコロッケは冷めてしまっていた。コゲツがオーブントースターで温め直して、衣をカラッとさせてくれる。

やはり、コロッケの衣はサクサクのカリカリが美味しいのだ。

「このカレーコロッケ、隠し味でも入っているの？」

「愛情、でしょうか」

ふふっとコゲツが笑い、頬が熱くなるのを感じながら受け流す。

ちなみに、このカレーコロッケにはウスターソースが入っているそうだ。だからソースをつけなくても、味わい深いらしい。

翌朝登校すると、朝礼後に担任と入れ替わるように副担任が教室にやってきた。

「少しの間、各自自習すること。自由時間じゃないから騒がないように。——一、職員室へ行くように」

「あ、はい」

クラスメイトの好奇の目に晒され、わたしは首を傾げつつ席を立った。

何か呼び出されるようなことをしでかしただろうか？

結婚していることはコゲツが話をつけてくれている。加えて、入学が一年遅れということもあり気後れしてしまって、地味で目立たない高校生活を送っていた。

呼び出される理由が思い浮かばない。

問題はないはずのこれまでの言動を思い返しては色々と考えてしまって、重い足取りで職員室へ入った。

「失礼します」

室内を見渡して担任を見つけると、その隣には中年の女性と警察官が二人いる。

副担任が「一（ほし）です」とわたしを紹介すると、中年女性が鬼気迫る顔で詰め寄ってきた。

「うちの千佳はどこに行ったの⁉　貴女（あなた）が一緒に帰ったのよね？」

「えっ？　千佳……ですか？　昨日の学校帰りなら、途中で別れてからは会っていませんけど……？」

うちの、ということは、この人は千佳のお母さんだろうか？

顔立ちは、あまり似ているとは言えない。千佳はとにかくサッパリした顔つきで、猫のようなツリ目をしている。目の前の女性は、あえて言えば狸（たぬき）っぽい、全体的にまん丸な感じで正反対だ。

千佳はお父さん似なのかもしれない。

「一さん。昨日、どこで美空さんと別れたか話してもらえる？」

「はい。商店街の、ファーストフードのお店が並んでいる通りのハンバーガー屋さんの前です。千佳が買い食いをすると言うので、そこで別れました」

別れた時間も思い出せるだけ話して、警察官が差し出したメモに簡単な地図を描く。

何かが起きたのだろうということだけは、わたしにも理解できた。

「美空さんが、家のことや学校のことで悩んでいたという話を聞いたことはある？」

「いいえ。千佳とは家族の話をしたことはありません。学校で悩んでいるという話も聞いたことはないです」

これは本当。お互いの家族の話はしたことがないし、そもそも、したくてもわたしからは言いづらくてできない。

十六歳で結婚しています……なんて言えないよ。

それに、不思議と千佳は家族の話を振ってこないし、話す内容の大半は学校の授業やクラスメイトのことばかりだった。

「交友関係で悩んでいたというような話は？」

「いつでも明るくて、誰とでも気さくに話せる子ですから、そういう悩みはなかったと思います」

一年遅れを気にしてクラスに上手く溶け込めなかったわたしに声をかけてくれるような子だ。千佳は人懐っこい犬みたいな性格をしていると思う。

「美空さんに、お付き合いをしている男性がいるという話はありましたか？」

「それはよく分からないです。けど……今まで部活で忙しくて誰かと付き合うような時間はなかったと思います」

母親や教師の前だから言わないが、千佳に好きな人がいることは知っている。

それも、この職員室の中に。

現代文を担当する天草悟（あまくささとる）先生が、千佳の意中の人だ。

眼鏡をかけた優しい雰囲気の先生で、気の弱そうな感じもあるけれど、教え方が上手で、とても心地のよい声をしている。

確か二十六歳ぐらいだっただろうか？

わたしが天草先生をチラリと見ると、心配そうに眉尻を下げてこちらの様子を見守っていた。

「部活ができなくて家出……なんてことはないよなぁ？」

「それはないですね。大会もないですし、一年生はボール拾いや雑用ばかりだからサボる口実ができてラッキーって、言っていましたし」

あっ、これは失言だったかも？　と、口元を手で隠す。周囲を窺うと、苦笑いが返ってきた。

最後に「このことは言いふらさないようにね」と念を押され、わたしは職員室から追い出された。

「千佳……。事件に巻き込まれた、とかじゃなきゃ良いのだけど……」

あの元気な千佳が、家庭や友人、恋人、部活動、他の何かに悩んでいたとは思えない。

まぁ、人のことだから全て分かる訳じゃないけれど、千佳は普通の女子高生だ。家出するタイプには見えないし、かといって、事件や事故かと考えるのは怖い。

しかし、もし事件だったら……左手の使えない千佳を誘拐するのは、簡単なことかもしれない。

「千佳、大丈夫かな」

廊下から外を見て、わたしは溜め息を吐いた。

何事もなく、千佳が顔を出してくれたらいいのだけれど……

なぜだか、非日常に触れてしまった気がした。

千佳の行方が分からなくなって、一週間が経った。

相変わらずの日々ではあるけれど、このところ教室では千佳の噂話が飛び交っている。

耳に入るヒソヒソ声に、勝手な話をと眉をひそめた。

千佳は明るく、クラスのムードメーカーだ。

そうだったはずなのに……同級生達は面白おかしく吹聴して回っていた。

『あの子、援助交際していたんだって』

『家庭環境が悪いって、中学の時に同級生だった子に聞いたよ』

『千佳の母親、継母らしい』

『男の家にいるって聞いたけどー？』

どこ情報よ？　と問い詰めたくなるような噂話ばかりだ。

「ホシさん。貴女、チカと仲良かったよね？」

ふと、今まで挨拶程度しか交わしたことのない女子三人組が話しかけてきた。好奇心を隠せていないその三人を、わたしはジッと見つめ返す。

人が一人、しかもクラスメイトが行方不明なのに、何が面白いのだろう。

「わたしより貴女達のほうが、仲が良かったと思うけど？」

「えー？　うちらは普通に喋ってただけだよ」

「そうそう。一緒に帰ったりはしなかったしさ」

「チカって、誰とでも話すじゃん。あの子誰とでも仲良くなるから」

笑いながら否定する彼女達は、お互いに自分は関係ないと言わんばかりだ。

けれどわたしだって、千佳が腕を折らなければ、一緒に下校していたかどうかは分からない。それぐらい彼女達と大差ない、ただのクラスメイトという関係だった。

「それで、何が聞きたいの？」

そう問い返しながらも、わたしは彼女達から興味をなくしていた。わたしが机の上の教科書をカバンに入れ始めると、彼女達が引き留めるように口を開く。

「ホシさんさぁ、最後にチカに会ったんだよね？」

「何か知っていることがあったら、教えてほしいなぁ」

「大丈夫。内緒にするからさ」

この『大丈夫』も『内緒』も、きっと守られることはないだろう。

それに、無関心を装うクラスメイト達も、興味のないふりをしながら、わたし達の会話に聞き耳を立てているようだ。放課後だというのに、だらだらと帰る準備を長引かせて、一向に帰ろうとしないのだから。

「悪いけど、警察から何も話さないように言われているの。それに、知っていることは貴女（あなた）達と変わらないから、気にするだけ無駄だよ」

わたしはカバンを手に立ち上がると、彼女達を無視して教室を出る。

背後からは密かなざわめきと「だから、あの子に聞いても無駄って言ったじゃん！」という声がした。

『人の不幸は蜜の味』と言うけれど、これ以上根も葉もないことを吹聴されたら、戻ってきた千佳は不愉快な思いをするだろう。

わたしもできた人間ではないから、噂話に興じる彼女達を正面から批判したり、その噂を否定して回ることはできない。

できることと言えば、精々、自分の口からは余計なことを言わないでおくことだけだ。

この一週間、千佳の件になんの進展もないことで、噂だけが独り歩きしている。そろそろ行方不明者として公開捜査が始まるかもしれない。ただ、高校生は家出の可能性が高いと見なされることが多いらしく、事件性が高くないとなかなか公開捜査に踏み切れないのだと、コゲツから聞いた。

コゲツがこうしたことに詳しいというのも新しい発見である。

「ただいまー」

玄関を開けると、見慣れない男物の革靴が揃えて置いてあった。

お客さんだろうかと、居間に顔を覗かせる。

コゲツと現代文の天草先生が向かい合って、何かを受け渡していた。

なんだろう？　小さな物のようだけど……

「おかえり。今日は早かったですね」

「あ、うん。学校が今日から、下校時間を早めるって……」

千佳の一件の影響だ。目が合った気がしてコゲツに説明すると、天草先生は一礼して静かに玄関から出ていった。

天草先生、何をしに来たのだろう？

「嫁殿、手洗いとうがいを。今日の宿題は？」

コゲツはお母さんみたいだ。わたしがもっと幼かったら、反抗しているかもしれない。

「今日は宿題はありません。この間コゲツに教えてもらった小テストと同じ問題が出たからね。間違えなかったよ」

「嫁殿の役に立ったようで、何よりです」

「コゲツには感謝しています」

わたしの頭をコゲツが撫でた時、もう一方の手の中の物がチラリと見えた。天草先生に渡されていた物だ。

それは、手のひらに納まる小さな木箱で、随分と古い物。何十年、下手をしたら何百年も経っていそうな、朽ち果てる寸前の年代もののように見える。

こんな物をなぜ、天草先生はコゲツに渡したのだろう？

わたしの視線に気付いたのか、コゲツは「ほら、早く手洗いとうがいですよ」と、わたしを居間から追い出した。

尋ねてみたかったのに、この雰囲気から察するに、聞くなということなのだろう。

諦めて手洗いとうがい、着替えも済ませて居間に戻ると、コゲツの姿はなくなっていた。

「コゲツー？」

台所を覗いても、コゲツは見当たらない。

部屋にでもいるのだろうか？

わたしの部屋は二階にあるけれど、コゲツは一階の和室を自室にしている。夫婦といえどプライベート空間は必要だし、わたしがまだ学生というのもあって、部屋は分けているのである。

コゲツの部屋の前に立ったところで、本人が中から出てきた。

「嫁殿、どうかしましたか？」

「あ、ううん。コゲツ、どこに行ったのかなって思って……」

コゲツの口元を見ると、口角が上がっている。

「心配させてしまいましたね。出掛ける時は声をかけますので、安心してください。……という話をしたそばからすみませんが、今日は一人で食べてもらっていいですか。夕飯の支度はしてありますから」

「いいけど、コゲツどこかに出掛けるの？」

「ええ。仕事です」

「そっか……じゃあ、仕方がないね」

「嫁殿。一応言っておきますが、外を出歩いたりはしないように」

頭を上下に振って頷(うなず)き、再びコゲツを見上げる。

コゲツはわたしの頭をポンポンと叩くと、白いシャツの上に黒いジャケットを羽織り、玄関に鍵をかけて出掛けていった。

それを見送って、わたしは台所で夕飯を食べる準備をする。

我が家の今夜の夕飯は『レンコンの海老(えび)ハーブ揚げ』だ。

すりおろしたレンコンに、海老(えび)のすり身、片栗粉と刻み青じそ、バジル、塩と砂糖を少々混ぜ合わせて、油で揚げたもの。片栗粉が入っているからふわっと、砂糖のおかげでしっとりもした食感。

「相変わらず、わたしが作るより上手なんだから」

カニカマと溶き卵の中華スープもトロミがあって美味しいし、クルトンと温泉たまごが入ったベビーハーブのサラダも、乾燥パプリカとオニオンが載っていて文句なし。ほんのりと香ばしい味わいと、クルトンの歯ごたえもバッチリだ。

「これを、あと二年は味わえるのよね」

わたしは大学への進学は希望していないから、高校を卒業後は専業主婦になる。そうしたら、家事はわたしの役目になるのだ。

中学を卒業して十六歳になったら嫁入り、と決められていたから、今高校に行けているだけでも十分だと思う。

本家の水島家がコゲツの決定に逆らわなかったのもあり、わたしが高校へ通っていることに関しては誰も何も言ってこない。

当初わたしの両親は、とりあえず籍だけ入れて高校を卒業してから一緒に暮らすほうが良いのではないかと考えていたみたいだ。けれど、結局はコゲツのもとにいるのが一番いいという結論に落ち着いた。

その辺りの詳しい話はわたしは知らないのだけど。

「そういえば、お母さん達に連絡入れてないな……」

この家に引っ越してきてから、両親には片手で足りるぐらいしか電話していない。

嫁いだばかりの娘がしょっちゅう連絡を取るのもなんだか問題がある気がしたのと、新生活に手一杯だったのもある。

「あっ。スマートフォン、二階だ」

女子高生の必需品と言われるスマートフォンを持ち歩かないのが、わたしである。

中学時代も持ってはいたけれど、学校内では使用禁止だし、家に帰れば両親がいるから、必要になることがなかった。受験勉強で忙しい親しい友人達の邪魔はできなかったし、中学卒業と同時にわたしは花嫁修業を始めたので、自然と連絡を取らなくなった。

皆きっと高校で新しい友達ができたのだろう。

別にそれは悲しくない。ただ、そういうものなのだと諦めた。

だからわたしはスマートフォンに執着しておらず、持ち歩く癖がない。

「ご馳走様でした」

手を合わせてから、台所で食器を洗って片付ける。

二階へ上がり自分の部屋に戻ると、カバンからスマートフォンを取り出した。

通知なし。

スマートフォンの電話帳から『実家』の文字を探し、タップする。

数回コール音が鳴って、母が電話に出た。

『はい。江橋です』

「お母さん。ミカサだけど、元気にしてた？」

『あらミカサったら、どうしたの？　コゲツくんから苛めにでも遭った？』

「なんでコゲツがわたしを苛めるのよ。そういうことはありません」

コロコロと笑う母は相変わらずだ。

腕にヨークシャーテリアのピノンを抱っこしているのか、たまにヘッヘッと興奮した息遣いが聞こえる。ピノンは抱っこが大好きなので、嬉しくて仕方がないのだろう。

「お母さんとお父さんが元気にしているか気になっただけだよ」

『あらまぁ、ホームシック？　ミカサのところに行ってあげたいけど、遠いからねぇ』

「そういうのじゃないの。たまには声を聞かせておかなきゃって思っただけ」

うふふと笑うお母さんは、わたしの言うことを信じていないようだ。

確かに、お母さんの声を聞いたら少しだけ、会いたいとは思ったけど……

『そうそう。ミカサが前に気にしていた、コゲツくんとの結婚が決まった嫁探しの行事。多分これかなー？　っていうアルバムが出てきたのよ』

「本当⁉　送って！」

『なら明日にでも、そっちに送っておくわね』

「ありがとう。お母さん」

『じゃあ、テレビが良いところだから、またね』

娘よりテレビなの！　と、言いたいところではあるけど、わたしが花嫁に選ばれた行事は凄く気になっているから、写真が手に入るならありがたい。

明日送ってもらっても届くのに二日はかかるだろうから、焦っても仕方がないけど。

両親とわたしが住んでいる場所は、それだけ距離がある。

「花嫁選びかぁ……」

どんなものだったのか、わたしは幼すぎて覚えていない。

コゲツに聞いても「覚えていません」と言われてしまったのよね。

でも、コゲツのハッキリした口調から、むしろ絶対に覚えていると思う。

顔が半分隠れている分、コゲツの考えは口調からなんとなく分かる。一緒に過ごした時間は短いけれど、こういうのが夫婦というものなんだろうか？

母との電話を終えてお風呂に入り、ベッドの上でスマートフォンを弄る。

お風呂上がりのわたしが着ているのは、お気に入りのパイル生地でできたパーカーとハーフパンツのパジャマ。薄ピンクに灰色の横線が入ったもので、子供っぽい気もするけど、わたしはまだ十六歳だしお子様だから良いのだ。

大人の色気を求められても困るし、着心地と可愛らしさが今は一番。

わたしとは対照的に、コゲツの寝間着は着物。多分浴衣だろうけど、よく似合っているから大人だなぁと思う。

「事件……事故」

スマートフォンの小さな画面でニュースの記事を読む。わたしの最近の日課だ。

『行方不明』――この文字にドキッとしてしまう。

千佳のことではないかとざっと目を通し、彼女の名前がないことにホッとする。

「んーっ、目がショボショボする……」

スマートフォンの電源を落とし、大きく伸びをしてから一階へ下りた。

台所で紅茶を淹れて、砂糖とミルクをたっぷり入れる。夜にこの飲み物はカフェインやカロリーを考えると暴力的な感じもするけど、明日は学校が休みだし、砂糖の入れ過ぎを困った口調で注意するコゲツも今は留守。

紅茶に砂糖を控えるという選択肢は、ない！

「ふふふっ、甘いミルクティーはダージリンに限る」

アッサムのほうが渋みがないのでミルクティーには最適と言われているけれど、砂糖をたっぷり入れるなら、渋みのあるダージリンが良い。と、わたしは思う。

いつもならここで「嫁殿、寝る前のカフェイン摂取はどうかと思います。砂糖も入れ過ぎです」と、窘めるコゲツの声がかかるのだ。

「そういえば、コゲツってば『嫁殿』呼びで定着しているのよねぇ……」

他人行儀に感じるから、ミカサと名前で呼んでほしい。

以前にそう伝えた時、コゲツは「名は奪われては困るものだから」と、訳の分からないことを言っていた。

うちの一族は名前を漢字とカタカナとで使い分けているから、それも関係しているのかもしれない。子供が生まれた時には漢字を付けるが、普段の生活で使われるのはカタカナ。結婚相手にだけ、漢字を教える習わしだ。

わたしは『美嘉沙』という漢字が付けられていて、結婚したコゲツは知っている。

それ以外の他人に教えていいのはカタカナの『ミカサ』だけだと、口を酸っぱくして言われていた。

わたし自身、『嘉』の字を書いたことがないから、ちゃんと書けるかも怪しいところだ。

それと、人の名前を呼ぶ時には、相手の顔を思い浮かべながら漢字をイメージしてはいけないと言われている。

変な習わしだけれど、一族間でそう言い続けられているので、今更逆らうつもりもない。おかしな風習だとは思うけど。

コゲツの漢字も結婚した時に教えてもらった。

漢字で『虎結』。

自分の名前と同様、『虎』の字を書き慣れていないから、書けと言われても書ける自信はない。

「コゲツ、遅いなぁー……」

甘いミルクティーを口に含みつつ、時計を見ると二十二時を過ぎていた。

いつものコゲツなら一時間前には「嫁殿、早く寝なさい」と言ってきて、わたしは「まだ早いよー」と文句を垂れている。この時間にはコゲツ自身も早々に寝入っている頃だから、仕事に時間がかかっているのだろう。

「んーっ、甘い！　だが、それが良い」

一人で過ごす家はなんだか静かすぎて、意味もなく独り言が多くなる。

証拠を隠滅するつもりでミルクティーを飲み干そうとして……あと半分というところで、玄関のドアがドンドンドンと、三回叩かれた。

大きな音に驚いて、座った爪先が少し宙に浮いた。慌てて玄関へ行く。

玄関に手をかけようとした時、耳元で「嫁殿！」とコゲツの声が聞こえた気がして、手を引っ込める。

後ろを振り返ってももちろんコゲツの姿はない。

気が急いて早く戸を開けないとと思ってしまったけれど、この夜更けに訪ねてくる人というのも、普通に怪しい……？

「どちら様ですか？」

この時間にセールスや新聞勧誘だったら、常識がなさ過ぎてクレーム案件だ。

絶対に玄関は開けないんだからね。

わたしの応答を受けてか、ドンドンドンと、また戸が叩かれる。

「どちら様ですか！　名乗らないなら警察を呼びますよ！」

再びドンドンドンと三回叩かれ、気味の悪さに後退(あとずさ)った。

その後もドンドンドンと規則正しい音が繰り返される。わたしは完全に戸を開ける気が失せていて、玄関から離れても変わらず三回響く音に恐怖を覚えていた。

二階に上がってしまおうか……でも、一階から侵入されたらどうしよう？

そう考えると不安で、二階に上がることもできない。

「スマートフォン……二階だ……」

こんなことになるなら、スマートフォンを持ち歩く癖をつけておけば良かった。

武器を持つべきだろうか？　そう考えて台所で包丁を手にしたものの、これは流石(さすが)に危険すぎると首を横に振る。

相手は不法侵入者とはいえ、下手をすれば自分も殺人を犯してしまう。

結局わたしが手に取ったものは、フライパンである。

相手がナイフを持っていても、フライパンなら防御もできるはず！　こちらからの攻撃も、打撃ならば致命傷にはならない……かもしれない、多分。

わたしがフライパンを手に持って居間に陣取っている間も、戸は規則正しく三回ずつ叩かれている。恐怖で心臓はバクバクしっぱなしだった。

「うーっ、なんで……こんな時にコゲツがいないのよ～っ」

泣き言を吐きながらも、コゲツが帰ってきたら紅茶のシフォンケーキを作ってもらおう、ホイップは山盛りで！　と、幸せなことを思い浮かべて恐怖から逃げていた。

部屋の隅っこで膝を抱えて籠城する――

「――嫁殿。こんなところで寝ては、風邪をひきますよ」

コゲツの声に目を開けると、いつの間にか寝ていたらしい。わたしの傍らにはフライパンがあるので、不審な来客があったのは夢ではないだろう。

カーテンの閉まった室内はまだ薄暗い。わたしが寝てからそれなりに時間が経ったのかもしれない。

「……今、何時？」

「朝日が昇る手前というところです」

「……コゲツ、帰ってくるのが遅い」

「それは悪かったと思っています。私の帰りを待っていてくれたのですか？　でも、ちゃんと自分の部屋で寝ないと駄目ですよ」

嬉しそうな声には申し訳ないけれど、コゲツの帰りを待っていた訳じゃない。まぁ、早く帰ってきてほしいとは思ったけど……

「ここで寝たくて寝た訳じゃないもの」

コゲツはふと足元のフライパンを拾うと、わたしに向かって少し首を傾げた。何をしていたんだ？　という怪訝さが滲んでいるけれど、これにはれっきとした理由があるのだ。

「あのね、玄関の戸を叩き続ける人がいたの！　すっごくしつこくて、怖かったの！」

「この家の玄関を？」

「本当だよ！　ここ、お隣さんの家も遠いから、間違いなくうちの家だよ！」

わたしが言い終わるや否や、コゲツはフライパンをちゃぶ台に置くと、玄関へ走り出した。わたしもコゲツの後を追い、靴を履いて玄関を出る。

朝日が薄っすらと辺りを明るく照らし始めている。

「――ヒッ！　何、それ……」

玄関のガラス戸には、赤黒い手形が三つ付いていた。

「三度参り……嫁殿、玄関を開けてはいませんね？」

わたしはブンブンと勢いよく頭を上下に振る。気持ちの悪さに、胃の上がキュッと縮こまった感じがした。

コゲツはジャケットの内ポケットから白い袋を出すと、中の白い粉を玄関前に撒いた。

「何を撒いたの？」

「これは清め塩。……嫁殿、顔色が悪いですよ。大丈夫ですか？」

「大丈夫じゃなーい！　夜中にドンドン叩かれるし、こんな悪戯されてるし⁉」

わたしがワッと騒ぐと、コゲツが慰めるようにわたしの頭を撫でる。

撫でられても誤魔化されないのだけど？　嫌がらせにしては度が過ぎている！

涙目になったわたしの目元を、コゲツが指で拭う。

こんな時なのに、思わずドキッと胸が飛び跳ねて頬が熱くなった。

「嫁殿は、怖がりな性質ですか？」

「怖がりとかの話じゃないよ！　警察に連絡して、犯人を捕まえてもらわないと安心できないよ！」

「それは無理だと思いますが……」

「なんで無理なの？　コゲツは犯人に心当たりがあるの？」

コゲツが「玄関を見れば分かります」と言って、ガラス戸を指す。その誘導に従ってそちらに目を向けて、わたしは言葉を失った。

朝日の光で照らし出された玄関には——何もなかった。

赤い手形は、綺麗さっぱり消えている。

狐に化かされたような気分と言えばいいのだろうか？　先ほどまであんなにクッキリと付いていたのに。

コゲツを見上げると、困ったような様子だ。

「どういうこと？　三度参りって、なんなの？　こんな悪意のあることをされるって、お礼参りされちゃうような悪いことをしたの？」

「喧嘩のたぐいで言う『お礼参り』じゃありませんよ。嫁殿、とりあえず家に入りましょう。温かい飲み物でも淹れますから、落ち着いてください」

「落ち着けって言われても、手形はどこに消えたの？　悪戯のジョークグッズだって言うの？」

背中を押されて家の中に入り、コゲツに手洗いとうがいを言い渡された。

ほんの少ししか外に出ていないのにとは思うけど、習慣で素直に従ってしまう。

居間に戻ると、ホットミルクの入ったマグカップがあった。

「留守にすると、嫁殿はすぐ砂糖だらけの紅茶を淹れますからね。これで我慢してくださいね」

「むぅ……って、これ、甘い。ハチミツ？」

火傷をしないようにチビチビと飲んだホットミルクから顔を上げると、コゲツが頷いた。

証拠を隠滅するはずだった昨夜のミルクティーは半分残ったまま台所に取り残されていて、コゲツが「まったく、油断も隙もないですね」とコップを洗って戻ってきた。

甘い物は女の子には必需品なのになぁ……。完全犯罪は難しい。

「三度参りについて説明しましょうか」

「ホラーっぽい話？」

コゲツは小さく頷く。

わたし、ホラーもオカルトも苦手なのだけど……

「三度参りは、三回ドアを叩き、それを三回繰り返します。家に人払いの魔除けを施していても、家人がドアを開ければ入られてしまいます」

「あー、確かに三回叩いてた！　規則正しく三回！　でも、人払いの魔除けって？」

「我が家には、人払いの魔除けが施してあります。嫁殿は、玄関に触れた、もしくは声を出して反応しましたか？」

「あ……うん。警察を呼ぶぞって騒いじゃった。駄目だった？」

普通の不審者なら、警察の名前を出せば引くはずだ。

でも、相手はそれでもしつこく叩き続けていたから、警察が怖くなかったみたい。

それじゃあ極悪非道な不良……って、不良が仕返しする時の『お礼参り』じゃないって、言っていたっけ。

「ふむ。嫁殿が反応したことで、戸を開けるまで叩き続けようとしたのでしょうね」

「警察を呼べば良かった……」

「それは止めておいたほうがいいでしょう。呼んでいたら今頃、警察の遺体が転がっていたかもしれません」

「うー……さっきから、コゲツはわたしを怖がらせようとしてるの？　物騒なんだけど！」

　これ以上のオカルト話は嫌だと、マグカップをちゃぶ台に置いて両耳を塞ぐ。

　コゲツは何も言わずにわたしの肩を手でポンポンと叩き、居間を出ていった。

　怖がりだと呆れられてしまっただろうか？

　でも、仕方がないじゃない？　玄関を何度も叩かれた上に、血のりで手形を付けられて、挙句、コゲツにもオカルト話のようなことを聞かされたのだから、怖がるなと言うほうが無理というものだ。

「嫁殿」

　机の上のマグカップに視線を落としていると、コゲツが戻ってきた。

「今日も出掛けなくてはいけません。ですから、これを肌身離さず持っていてください。そうすれば、怖いことはないですから」

　そう言って、コゲツは小さな紫色のお守り袋をくれた。親指の爪ぐらいの何かが中に入っているようで、爪先でつつくとコツコツと軽い音がする。

コゲツは今日も夕方ぐらいに出るらしい。怖いから嫌だと、わたしは小さな子供のように駄々をこねた。

お昼前まで自分の部屋で寝るようにと言われたけれど、居間に布団を敷いてもらい、寝付くまでコゲツに手を繋いでもらう。

「嫁殿は、まだ子供ですね」

「怖いのは苦手なんだもの……それに、コゲツとわたしじゃ、まさに大人と子供だよ……」

口を尖らせて不満を漏らすと、コゲツは「そうでしょうか?」と穏やかに笑う。そして握ったわたしの手を引き寄せ、そこに唇を軽く押し当てた。

「な、なっ、コゲツ⁉」

「夫婦なのですから、このぐらいはね」

「〜っ、わたし、寝る……」

布団を頭まで被って、茹ってしまいそうな顔を隠す。

とんでもなく鼓動が速い。起きた後も、コゲツの顔がまともに見られないかもしれない。

クスッとコゲツの含み笑いが聞こえ、わたしは撃沈してしまう。

コゲツ、意地悪だ……

鼻をくすぐる甘い香りに目を覚ますと、手を握ってくれていたはずのコゲツはいなくなっていた。

シャカシャカと軽い金属音を辿って、台所を覗く。コゲツがボウルを抱え、泡立て器で生クリームをかき混ぜていた。

「起きたようですね。よく眠れましたか？」

「うん。わたしより、コゲツは寝ていなくて大丈夫なの？」

わたしは一応、部屋の隅っことはいえ朝方まで寝ていた訳だし、今もまた眠った。

けれど、コゲツは口元に笑みを浮かべて「平気です」と穏やかな口調で言った。

朝帰りのコゲツのほうがよっぽど寝不足だと思う。

うーん、怪しい。

「嫁殿。ココアをアイスで淹れてもらえますか？」

「はーい。二つ？」

「嫁殿の分だけで」

「コゲツはいらないの？」

「作るだけで十分満足していますから」

ココアの粉をコップに入れて、お湯を大さじ二杯ほど入れる。それを練り合わせて、ドロッとしたら牛乳を注いでかき混ぜれば、アイスココアの完成。

コゲツがそのココアの上にホイップクリームを盛り付けて、更にチョコソースまで掛けてくれる大盤振る舞いだ。

「うわぁ。コゲツが優しい！」

「シフォンケーキはもう少しスポンジが冷めてからになりますから、待っていてくださいね」

「熱々のケーキでもわたしは平気だけど？」

「スポンジが熱いと生クリームが溶けますが、それでも？」

「あ、それなら大人しく冷めるまで待っています！」

ビシッと敬礼して、わたしはそそくさとアイスココアと共に居間へ戻る。

家の中に漂う甘い香りがケーキとは、流石コゲツ。玄関の手形騒ぎで興奮していたわたしが「怖くて眠れない！」「甘い物作って！」と言ったのもあるのだろう。

　コゲツが言うように、わたしはまだまだお子様なのだ。

　そりゃあ、お嫁入りはしたし、コゲツに女性として認められたい気持ちもあるけれど、そこまでの大人にはまだ心が育っていない。

「ココア、美味しい」

「それは良かった。ただし、甘い物の摂り過ぎは駄目だとよく覚えておくように」

「そんなに甘い物食べてないよ？」

「嫁殿は目を離すと、砂糖をこれでもかというほど入れるじゃないですか」

「うぐ……っ」

　そうは言っても、大事な心の栄養源なのだ。

　花嫁修業中、必要以上のお砂糖は禁止されていた。だけど、禁止されてしまうと余計欲しくなってしまい、今に至る訳だ。

「コゲツは甘い物、嫌い？」

「普通に摂取する分には好きですが、嫁殿は過剰摂取気味ですね」

「太らない程度にしてるよ～っ」

人を上から下まで見ないでほしい。眺めるようにわずかに頭が上下したの、わかっているんだからね？

わたし、太っただろうか？

うーん……。自分のパイル生地のパーカーの胸元を持って、中を覗き込む。

そんなにお肉は付いていないと思うんだけどなぁ。

「嫁殿ッ⁉」

「はい？」

「はしたないから、止めなさい……」

「何が？」

コゲツが額に手を当てて、ふぅ……と溜め息を吐く。もう片方の手で、わたしの胸元を指さした。

「……コゲツのエッチ」

「いや、嫁殿が自分でやったことです。身長差で見えただけで……」

「へっ？　ぎゃー！　エッチ！　スケベ！　ふわぁぁぁっ！」

まさか見えているなんて思わなくて、揶揄（からか）い交じりにエッチとか言ったけれど、見えていたのならば、話は別だ。

顔を真っ赤にしているだろうわたしはワァワァ騒ぐ。コゲツは手で額を押さえていた。

「下心はともかく。嫁殿、今日も一人にしてしまいますが、大丈夫ですか？」

「今日はスマホをずっと持って、いざとなれば警察を呼ぶよ！」

コゲツは警察を呼んでも遺体が転がるだけと言ったが、だったら尚更、警察を呼ぶべきだとわたしは思う。そんなに凶悪な相手なら、しっかり捕まえてもらわないと！

「嫁殿は、本家やご両親に何も教わらなかったのですか？　一族のことや私のことを」

「えっと、本家は立派な由緒正しいお家だなー？　くらいだし、両親は普通のサラリーマンだよ。コゲツについては『一族の命運がお前にかかっている』って、訳の分からないことしか聞いてないよ」

「そうですか……。でも、なんとなくは気付いているのでしょう？」

躊躇(ためら)った後で、わたしは小さく頷(うなず)いた。

顔半分を布で隠しているコゲツが普通ではないのはわたしも分かっている。でも、それ以外におかしなことは起きていないから、今日まで触れずに来たのだ。

けれど、昨日のような怪奇現象を体験してしまっては、流石にそろそろ知らなくてはいけないだろう。

「今回のことが終わったら、嫁殿には説明しましょう」

「うーっ、説明は欲しくないかも……。コゲツがわたしの気付かないうちにパパッとなんとかしてくれるでしょう？」

「私が傍にいない時に、身を守る術を覚えておくべきです。知っていると知らないとでは、違いますからね」

わたしはガクリと肩を落とし、ちゃぶ台に突っ伏した。

ホラーもオカルトも望んでいません！

お昼にはコゲツが冷めた紅茶シフォンケーキに生クリームを塗って出してくれて、午後はお夕飯の準備もしてくれた。

「嫁殿、お留守番を頼みましたよ」

「分かってますってば。子供じゃないんだから」

「十分過ぎるほど、子供ですよ」

失礼な。頬を膨らませると「そういうところが、お子様なのですよ」と、わたしの頬を指で潰す。

「夕飯を食べたらいい子にしていてくださいね」

「もう、子供扱いしないで〜っ」

「はいはい。では、行ってきますね」

「行ってらっしゃい」

わたしは頬を膨らませたままコゲツの背中をぐいぐいと押した。

玄関を出たコゲツは、門扉の前に停車していた黒塗りの車に乗り込むと、行ってしまった。黒塗りの車が迎えに来るなんて、怪しさ抜群である。

「コゲツ、本当になんの仕事をしているんだろう？」

なんとなく分かる気はするけど、口にするのは躊躇(ためら)ってしまう。

車が見えなくなると家の中に入り、玄関のカギをしっかり戸閉した。

コゲツが用意してくれた夕飯を居間へ運ぶ。食器棚からお茶碗を出して、炊飯器で炊き立てのご飯をよそった。

桜色の綺麗な夫婦(めおと)茶碗。十五歳の頃にコゲツと浅草(あさくさ)にデートに出掛けた時に購入したものだ。

二人で焼き立てのお煎餅を食べたり、ゴマ油で揚げる有名な天ぷら屋さんでお昼を食べたんだよね。

デートと言うには華がないけれど、この夫婦茶碗を見ると、あの日のデートを思い出す。

当時のわたしは中学を卒業して親元から引き離され、毎日厳しい花嫁修業に明け暮れていた。

一家の一員になるのならば多少の武術の心得も必要だと言われ、足の運び方から、体術、周りにある物を使った攻撃の仕方などなど……。一体全体、わたしはどんな危ない人のところへ嫁がされるのか、不安でいっぱいだった。

朝早くからの稽古に料理や華道など、ぎっちりとスケジュールが組まれ、少しでも間違えようものなら、細い竹の枝で手のひらを叩かれた。

こんな一族、もう知るか！　と、逃げ出したこともある。すぐさま水島家の人にバレて追いかけられていたところを、偶然わたしに会いに来たコゲツが匿ってくれた。

まさかその時匿ってくれた相手が、結婚相手だとは思わなかったけど。

「あの時のコゲツは、格好良かったんだよねぇ」

　地獄に仏とはこのことかと思ったぐらいだもの。

　コゲツが稽古（けいこ）や体罰に関して水島家の人達に注意してくれたおかげで、わたしの花嫁修業は改善された。

　それからもコゲツは暇を見つけては会いに来てくれて、その度に、この優しいお兄さんが結婚相手なら良いのになぁ……と、思ったものだ。

　しばらくして、コゲツが結婚相手だと知らされた。元々は押し付けられただけの結婚を、半分はわたし自身の意志として受け入れられるようになった。

　身に危険が及ぶような相手に嫁ぐのだという思いもあったけれど、その時は本当に「コゲツが相手で良かった」と思ったのだ。偶然の初対面の時から顔半分を布で隠しているような人だったけど、不思議と怖くはなかった。

　デートをするのも楽しかったし、コゲツはいつでも優しかったからね。

「まぁ、娯楽に飢えていたのもあるよねぇ」

　そう、花嫁修業のために屋敷の敷地内にほぼ閉じ込められているようなものだったから、外の世界は楽しかった。

コゲツといる時に花火大会のポスターを見て、わたしが「いいなぁ」と呟いたことを覚えてくれていたのだ。結局花火大会には行けなかったけれど、浅草にデートに連れ出してくれた。

初めての東京駅に地下鉄。

普通のカップルがデートをするように、公共の乗り物に乗って移動するのも楽しかった。いつもは水島家の用意した車で、行き先も全部決められてしまっていたから。

二人で一緒に歩いて自由に行き先を決める。それだけでも十分嬉しかった。

その浅草デートの記念に買ってもらったのが、この夫婦茶碗だ。

「また一緒にデートに行きたいなぁ……ふふっ」

思い出のお茶碗によそったご飯を持って、居間に戻る。

本日の夕飯は、コゲツ特製の回鍋肉とパリパリキャベツ和えと、海老のすり身を丸めた中華スープ。パリッとしたキャベツはゴマ油と塩だけの味付けなのに、無限に食べられそうなところが恐ろしい。

今日はキャベツが安かったとかで、キャベツばかりのメニューだけど、美味しいから良し！

「ふぅー。ヘルシーなのかヘルシーじゃないのか分からないね」

キャベツはヘルシー。でも、ゴマ油はどうなのだろう？

健康に良いとは聞くけど、カロリー的にはどうなのか不明なところ。

明日は残ったキャベツでお好み焼きをするらしいし、それも楽しみ。

わたしの体はもうコゲツの食事でできている気がする。

土日は高校が休みだからわたしが作っても良いのだけど、コゲツが譲ってくれなくて、甘えたままになっているのだ。

食事と片付けを終えると、わたしは居間に準備した布団一式と、ヘッドフォンにスマートフォンと充電器、そしてコゲツがくれた紫色のお守り袋を抱え込む。

「コレがあれば、今日は何が来ても大丈夫！」

フンッと鼻息荒く、わたしは布団の上でゴロンと横になった。

指先でお守りを弄（いじ）って、最終兵器の中身はなんだろうと袋を開けてみる。

……入っていたのは、なんの変哲（へんてつ）もない木の板に見えた。

「うーん。なんか凄（すご）い木！　多分、そう！」

コゲツがくれたのだから、ご利益のあるものに違いない。

コゲツがいつも持たせてくれている、紫陽花の刺繍のしてあるハンカチも、お守り代わりにズボンのポケットに入れた。

今はパジャマではなく、もし警察を呼ぶようなことがあっても良いように、七分丈のパンツとシャツにパーカーを羽織っている。

流石にパジャマで人前に出たくないし、もし昨日の犯人と格闘になった時にも動きやすい服装だ。

木が入ったお守りは首から紐を通して下げたので、失くすこともないだろう。

「準備は万全!」

わたしはスマートフォンを弄りながら、布団の上でのんびりと過ごしていた。

昨日と同じ時刻。

玄関の戸がドンドンドンと、三回叩かれた。

今日は絶対、返事はしない。

部屋の明かりが見えないようにと、豆電球とスマートフォンの画面だけが光っている。

「大丈夫。反応しなきゃいいんだし」

お守りを握り締め、布団の上で動かないようにしていると、また三回戸が叩かれる。

息を殺したまま、しばらく静かになったと思うと、ふと声がかけられた。

「開けて、あたしだよ」

「……千佳……？」

千佳の声だった。

わたしは布団から出て、急いで玄関に走る。玄関の戸に手をかけてカギを捻ったところで、本当に千佳だろうか？　と疑問が浮かんだ。

わたしは千佳を家に招いたことはないし、家の場所を教えたこともない。曖昧に「あの辺」と伝えただけだ。

「何をしてるの。あたしよ。早く開けて」

声は確かに千佳なのに、凄く嫌な感じがしてしまうのはなぜだろう？

戸が三回叩かれる。

規則正しく繰り返される音に、わたしはカギを閉め直した。

これは——開けたらいけないやつだ。

「あーけーてぇー、あーけーてぇー、あーけーてぇー」

ドンドンドンと戸を三回叩き、同時に声が三回繰り返される。

わたしは黙ったまま玄関から這うように居間へ戻り、スマートフォンにつないだヘッドフォンを被って両耳を塞いだ。

完全にホラーじゃないの！　無理、無理、無理だから！

震える指でスマートフォンの音楽アプリを最大音量でかける。

流行のポップな曲を流しても、戸を叩く震動が家全体を揺らしている。

そこでふと、コゲツが清め塩を撒いていたことを思い出した。

「コゲツの部屋になら、あるかも……」

奥にある和室の襖を開けると、コゲツらしい和を基調とした家具が並んでいる。心の中で「お邪魔します」と唱えつつ、机の上を見ると、この間天草先生がコゲツに渡していた木箱があった。

箱には『清』と書いた和紙が、蓋と本体にまたがるように貼ってある。

「これ、清め塩の『清』かな？」

和紙を千切り取ると、カポンと軽い音を立てて蓋が開いた。中には薄汚れた枝のようなものが入っている。

よく見ると、それは干乾びた指のようだった。

「うわっ！　気持ち悪いっ！」

思わず蓋を閉じた瞬間、家全体にバンッと大きな音が響いた。グラリと家が揺れる。

またすぐに、バンッバンッと大きな音と共に、二回揺れた。

地震ではない。まるで、何か巨大なものに家を叩かれているようだ。

机にしがみついてしゃがみ込んでいると、パリンッとガラスが割れるような音がして、揺れは鎮まった。

「お邪魔します。お邪魔します。お邪魔します」

「え……？」

三回繰り返す声は、家の中から聞こえた。

まさか、家の中に入られた……？

ギイと廊下が軋む音が響いた。それはゆっくりと和室に近付いてくる。同時に、ビチャビチャと水漏れのような音もした。

「どうしよう……」

お守りを握りしめて、コゲツの部屋の中で隠れられそうな場所を探す。キチンと整頓(せいとん)された部屋には余計なものがなく、机の下に潜り込んで身を縮めるしかなさそうだった。

心臓がドキドキと早鐘(はやがね)を打つ。

家の中を歩く何者かは、ついにコゲツの部屋に入ってきた。

見つかりませんように。

息が上がる。荒い息遣いが漏れないように、口元を手で覆った。緊張で体が強張る。

カタン……と、頭上から音がした。

「おお……私の指。私の指。私の指」

やっぱり、あれは指だったんだ。

天草先生もコゲツも、なんて物を持ち込むのよ！

現実逃避するように心の中で「バカーッ！」と叫んでいる間に、部屋の中は静まり返っていた。人の気配はない。

もう、大丈夫だろうか？

ゆっくりと机の下から這い出る。

……黒く煤けた裸足の足と黒いボロボロの布切れのような着物の裾が視界に映った。

恐る恐る顔を上げる。

――三つの目がわたしを見下ろしていた。

「ヒッ！」

「盗人め。盗人め。盗人め」

怒りに吊り上がる三つの目が赤く光り、わたしの頭を鷲掴みにした。

悲鳴をあげたわたしは、目の前が真っ白になって意識を手放した――

旧正月。本家に一族の子供達が呼び出され、女の子だけが着物で一つの部屋に集められることがあった。

わたしは、今、その部屋にいるようだ。

随分と懐かしい。

これは夢の中だと、わたしは室内を歩きながら理解した。

その証拠に、薄い水色の地に手毬柄の着物を着た幼稚園児ぐらいのわたしが、楽しそうに目の前を走っている。

「キクカちゃん、まってー」

小さなわたしは二つ上のキクカ姉さんを追っていた。

キクカ姉さんは、従姉――伯母の娘だ。

「ミカサちゃん、遅いよー」

「だって、きものが重いんだもん」

笑いながら、わたし達二人は『鬼ごっこ』をしていた。

こうして集められた時、女の子だけが『鬼ごっこ』をさせられる。

部屋に入って百を数えたら、皆一斉に逃げるのだ。

そういえば、年々親戚の子が減っていった気がする。

それを思い出して、わたしは夢の中なのに寒気を覚えてブルッと震えた。

手を繋いで部屋から部屋へ走り回る、小さな二人。

わたしも早足で二人を追いかける。

「ミカサちゃん。見て、だれか座っているよ」

「ほんとうだ。いっしょにオニごっこするかな?」

「声、かけてみようか?」

「かけてみよう！」

橙色の地に紅葉柄の着物を着た少女が、縁側に座っていた。キクカ姉さんと一緒に、幼いわたしがその子に声をかける。

その子は、顔を頭上に向けて、そのまま後ろを見た。

あり得ない頭の動きだった。

背中に後頭部がくっつくなんて、体が柔らかいにもほどがある。

明らかに、首の骨が折れてしまっていた。

「ヒッ、ぎゃあああ！」

「あっ、キクカちゃん！」

悲鳴をあげてキクカ姉さんが逃げ出し、小さなわたしは取り残された。

今なら分かる。この子は、死んでいるのだということが。

しかし、幼かったわたしは分かっていなかったのだ。

その子の見開いた目が可哀想で、乾いてしまう気がして、その子の瞼を閉じさせた。

「もうだいじょうぶだよ」

小さなわたしは、その子の頭を撫でて満足げに笑う。

分かってないとはいえ、もう少し危機感を持ったほうが良いのではないかと、我ながら心配してしまう。

「君、そこで何をしているんだ？」

中学生くらいの少年が、小さなわたしに声をかけた。白いシャツに黒いスラックス、黒い髪は短いけれど、髪質はサラサラで、なんだかコゲツに似ている。

少年とコゲツの違いは、顔の白い布だ。

少年にはそれがないのに、夢の補正なのかなんなのか、靄（もや）がかかったようにぼやけて全然素顔が見えない。

「その子は……可哀想に。鬼ごっこの犠牲になってしまったんだな」

「ぎせい？」

「君は忘れなさい。こんなことをしても、薄まってしまった術者の血はどうにもならないのにね。あの人達には困ったものだ」

少年は、頭を後ろに折ったままの少女を縁側の床に寝かせた。

「なにをするの？」

「この子を浄化して……ええと、分かりやすく言うと、空に還（かえ）してあげるんだ」

「お空にバイバイ?」

「そうだね」

「ミカサもするー」

少年はポケットから数珠を取り出すと、何か呪文のようなものを呟き始める。

小さなわたしは、少年の横にちょこんと座ってそれに聞き入っていた。

「……っ、はぁ。僕じゃまだ、力が足りないな。やっぱり、目が使えれば……」

目頭を手で押さえる少年に対し、小さなわたしは首を傾げて少年と遺体を交互に見ると、両手をポンッと合わせた。

「お家にかえるじかんだよー」

身をかがめて遺体の耳元で元気にそう呼びかける。すると、遺体は砂が崩れるようにサラサラと風に舞い、空へ消えていく。

「まさか、君は……」

少年が驚いた声をあげると、小さなわたしは少年を見上げて目を輝かせた。

「お兄ちゃんの目、ピンクと水色がきれいね」

「……そうか。君が、僕の相手なんだね」

少年はアハハと嬉しそうな声をあげて笑い、小さなわたしも釣られて笑う。

彼の返答の意味もよく分からないけど、それよりも！　どんな目の色⁉　ちょっと小さいわたし、そこを退いて！

見ーせーてー！　と、わたしもしゃがんで少年の顔を覗き込み、ぐっと目に力を入れたところで、意識は現実に戻った。

「ここは……？」

じめじめとした暗がりにいるのだけは、ハッキリ分かる。

体を起こすと頭がズキズキと痛んで、あの奇妙な三つ目に頭を鷲掴みにされたことを思い出した。

軽く頭を振った時、目の端で何かが動いたのが見えた。

「誰？　そこに誰かいるの？」

わたしの声を受けてか、部屋の隅で黒い影がビクリと揺れる。目を凝らすと小鹿色のスカートが見え、わたしの高校の制服だと分かった。

更に暗がりに目が慣れてくると、行方不明の千佳の怯えた顔を捉えた。

「千佳、千佳だよね？」

「……誰？　あたしを知っているの？」

「わたしだよ。一（ほし）ミカサ」

ガバッと千佳が顔を上げる。お互いに近付いて顔を合わせると、千佳は顔をクシャリとゆがめた。

「ミカサ。こわっ、怖かった。もう、ここがどこなのかも、わか、なくて」

つっかえながら言って、普段の彼女からは想像もつかない幼い子供のように、ワァワァと声をあげて泣く。

それほどに怖かったのだろう。

「もう大丈夫、って言ってあげたいけど、わたしもここがどこか分からないの」

「うん、うん。でも、一人じゃないだけで、安心、する」

わたしはズボンのポケットから紫陽花（あじさい）のハンカチを取り出して、千佳に渡した。

「ありがとう。ハンカチ、借りるね」

「うん。どうぞ」

千佳が涙を拭いている間に、わたしは部屋の中を見回す。

木造の古びた六畳ほどの部屋。床はフローリング……とは呼びづらい板張りでジメッと湿気を帯びており、ヒンヤリとしている。

相当古そうだ。

手入れすらされずに朽ち果てた古民家のようで、床には小石なども散らばっている。

「千佳、わたしと別れた後、何か食べた？」

わたしは部屋を歩き回って出入り口を探しながら、無難な質問で千佳の状態を見ることにした。

部屋に襖はあれど、杭でも打って開かないようにされているのか、引いてもガタガタ揺れるだけでビクともしない。

「ハンバーガー屋でサクランボシェイクが新登場ってあったからそれを飲んで、隣のドーナッツ屋で百円のドーナッツを四つ食べたの。そうしたらしょっぱいものが欲しくなってコンビニのフランクフルトを食べたよ」

あの後でそんなに大量に食べているとは……。運動部はお腹が空きやすいのかも？

「そっか。じゃあ、その後は何か食べた？」

「ううん。あれだけ食べたら、お腹いっぱいだよ。まだ消化中」

「え？」

千佳が行方不明になったのは一週間も前なのに、まだ消化中？　お腹がいっぱいとはどういうことだろう。

まさか、この部屋……オカルト映画や漫画みたいに、時間が止まっているなんてことが、あるだろうか？

怖いのは好きじゃない。好きじゃないけど、現に三度参りに遭って、三つ目に襲われてここに連れてこられたのだろうし。認めたくないけど、覚悟しなきゃいけないかもしれない。

「あのさ、千佳は自分がいなくなって、どのくらいだと思っているの？」

「多分、二時間くらい？　変なやつに襲われてここに閉じ込められたけど、それほど時間は経ってないと思うよ」

変なやつとは、あの三つ目のことだろうか？　でもなぜ千佳が連れ去られたのだろう。

わたしは三度参りに応えてしまったから、と推察できるけれど……。それでも、そもそもどうして三度参りに遭ったのかは疑問だ。

「千佳、驚かないで聞いてほしいの。千佳が行方不明になって、もう一週間は経っているんだよ」

「またまたぁ～。この千佳さんを騙そうなんて、ミカサは甘いよ」

千佳は信じていないようで、白い歯を見せて笑う。

「千佳のお母さんも学校に警察と一緒に捜しに来たんだよ」

「ウソでしょ……だって、本当に少ししか経っていないんだよ？」

信じられないのは仕方がないことだろう。

わたしも目の前の千佳を見て、一週間も食事をしていないとは思えない。元気が良すぎる。

……もしかしたら、死んでいるという可能性もある。

わたしも千佳も殺されて、ここはもう死後の世界。あの三つ目が作り出した世界に捕らわれているのかも……と、突拍子もないけれど、一番最悪なケースを考える。

そう考えると、お腹が空かないこと、時間が経った感覚がないことも納得だ。

けれど、自分が死んだ確証はないから、わたしは精一杯あがいてみよう。

「まずは、ここから出ないとだよね」

「あたし、色々試したけど、ダメだったよ」

「千佳は片腕が使えないんだから、全力じゃないでしょ？　わたしは両腕とも使えるし、一人より二人でやれば百人力じゃない？」

「なんだか、ミカサって、もっとおしとやかで大人しい子かと思っていたよ」

「よく言われる。猫を被っているのよ。これでもね」

最近はコゲツの前でも被った猫が何匹か剥がれているけれど、まだまだ猫被りをしている。デートや結婚式の時と比べると最近のコゲツの様子も少し違うから、彼も同じなんだろう。

わたし達夫婦は、少しずつ距離を縮めている最中で、それはこれからもっと近づくはずなのだ。

だから、ここを抜け出して「もらったお守りが役に立たなかった」と文句を言わなきゃいけない。

だってコゲツは、これを持っていれば怖いことはないと言ったのだ。

首から下げたお守りは、いつの間にか中の板が砕けてしまっている。

「千佳、ここに犯人は来た？」

「一度だけ。ミカサを入れる時に来たと思う。でも、怖くて姿とかは見てない」

「そう。じゃあ、どこからわたしを入れたかは見た?」

「襖(ふすま)。正面の」

やはり、外への道は正面の襖(ふすま)だけか。

三つ目のあいつと正面からやり合うのは怖いけど、万一に備えて、何か武器を作らないといけない。

部屋を見渡しても、武器になりそうなものはない。それどころか家具一つなかった。わたし達二人が縛られたりしていないところを考えると、絶対に出られないという相手側の自信が窺(うかが)える。

けれど、手はある。こうした時の対処法がわたしの中にあるのは、水島家での花嫁修業の賜物(たまもの)だろう。

「武器になりそうなものは……靴下ぐらいしかないね」

「え? 靴下?」

「幸いと言えばいいのか、ここは砂利や石も落ちているから、『ブラックジャック』が作れるの」

「ブラックジャック? トランプの?」

「ううん。武器だよ、殴打専門の。布袋や革袋に石を詰めて硬くして殴ると、頭蓋骨くらいなら陥没させせられるよ」

「ミカサ……本当に、女子高生？」

残念ながら女子高生。まあ、一年遅れで入学したから、貴女(あなた)より年上だけどね。

靴下を脱いで、そこらに散らばる砂利や石を詰め込む。

家の中で攫(さら)われたから靴は履いていない。裸足になると、床が夏前のプールの底のようにぬるぬるして気持ちが悪い。

足をつく度に顔をしかめるわたしを見かねた千佳が、カバンから出した運動靴を貸してくれた。

「それじゃあ、いくよ」

「うん。ミカサ頑張って！」

石と砂利で重くなった靴下を手に持ち、襖(ふすま)に叩きつける。

ギシッと襖(ふすま)が軋(きし)み、僅(わず)かにへこんだ。

わたしと千佳は顔を見合わせて頷(うなず)き、再び靴下を振りかぶる。それを数回繰り返し、壊れかけた襖(ふすま)を足で蹴破ろうとした時、隙間から何かが見えた。

「ミカサ！」

千佳の悲鳴に近い声に、わたしは靴下を振りかぶろうとして――その手を掴まれた。

すぐさま、掴まれた手を軸に蹴り上げる。

これも花嫁修業中に覚えた護身術の一つだ。腕を掴まれた場合は引いて逃げるのではなく、相手の懐に飛び込んで先制攻撃を仕掛け、相手がひるんだところで逃げる！

「嫁殿ッ！　――うっ」

「へっ？」

思いっきり相手の横腹を蹴り上げたが……わたしの手を掴んでいたのはコゲツだった。

コゲツが自分の横腹をもう片手で押さえて、「まったく……」と溜め息を吐き出す。

「うわーっ！　ごめんなさい！　大丈夫だった？」

「大丈夫ですが……。嫁殿、お転婆が過ぎますよ」

「本当に、ごめんなさい」

「多少赤くなるとは思いますが、体は鍛えているので、心配はいりません」

申し訳なさに勢いよく謝るわたしの頭を、コゲツが手でぽんぽんと叩く。それでわたしもようやく肩の力を抜いた。

「ミカサ、その人、誰？」

「あっ、千佳。この人は――んぐっ」

言葉の途中でコゲツに口を塞がれた。

「嫁殿、応えてはいけない」

重く低い声でコゲツが忠告のように言う。

千佳は相変わらず不安げな顔をしていて、なぜコゲツに遮られたのかが分からない。

「嫁殿、帰りますよ」

「ん、んんぅ」

「と、手を放しますが、名を呼んではいけません。分かりましたね？」

わたしがコクコクと頷くと、コゲツはゆっくりと手を放してくれた。

コゲツがそう言うということは、それは大事なことなのだろう。

開けたままの襖から先にわたしを出し、コゲツも部屋の外へ出てきた。

パタンと、すぐさま襖が閉じる。

「え……千佳は⁉」

「彼女は駄目です」

閉じられた襖の向こうからは「開けて！」と千佳の焦った声がする。

わたしは襖に手を伸ばしたけれど、コゲツに掴んで止められた。

コゲツが首を左右に振る。わたしの手を掴んだまま、片手でズボンのポケットからレンズ――持ち手のない虫メガネのような物を取り出して翳す。

どういう原理か、虫メガネを覗き込むと部屋の中が映った。襖の傍にいるはずの千佳はそこにはおらず、部屋の隅に座っている。

では、今襖の前で騒いでいるのは誰なのだろう？

「彼女は、もう魂だけです」

「え？　待って、それじゃあ……わたしも？」

「嫁殿は生きていますよ。しかし、長時間ここに生身でいたら彼女と同じになってしまいます」

「どうして？」

わたしの首から下げていたお守りをコゲツが触り、小さく息を吐く。

「このお守りを肌身離さず持っていたおかげですね。嫁殿の身代わりになってくれましたから」

役に立たないお守りだと思ったけれど、知らない間にしっかり役目を果たしていたようだ。

「千佳は、どうなるの？」

「彼女を現世に戻すことはできません。彼女は、盗人だから」

盗人（ぬすっと）……そういえば、あの三つ目も『盗人（ぬすっと）め』と怒っていた。

千佳は何か盗んだのだろうか？　あの指……？　でも、あれは天草先生が持ってきた物だから、千佳とは関係ないはずだ。

「ちゃんと説明して！　分からないままじゃ納得できない。あの三つ目や、箱に入っていた指に盗人（ぬすっと）って、なんなの！」

「家に帰ってから説明します。急がなければ、嫁殿も私も魂だけになってしまいます」

言葉をグッと呑み込んで、コゲツに手を引かれて歩き出す。ちらりと振り返ると、襖（ふすま）の閉じた部屋からは、千佳の悲痛な声が響いていた。

あばら家のような廊下を進んで、お寺の本堂のような広間を抜け、出口と思わしき古びた引き戸を開けると、そこは乾いてひび割れた大地が広がる森の中だった。

「ここは……？」

「ここは、『莢神社』跡地……泉の中に建てられた、神聖な場所でした」

泉の中……。そういえば、干ばつで干上がった大地は、この場所のようにひび割れていた気がする。テレビでしかそういうものは見たことがないけれど。

わたし達が捕らえられていた神社は、社の形を保つだけで精一杯という感じだ。

「帰りましょう」

「……うん」

一人残してきてしまった千佳に、後ろ髪が引かれてしまう。

手を引かれたまましばらく歩くと、山林の中に黒塗りの車があった。

いつもコゲツを迎えに来る車のはず……なのだけど、車の前に立っていたのは天草先生だった。

コゲツに後部座席へ押し込まれる。彼はそのまま助手席に乗り込んだ。

「天草、家に」

「かしこまりました」

訳がわからず二人を見るも、二人ともわたしをいない者のように、前だけを見ている。

しばらく、車内には重苦しい沈黙が漂っていた。

「あの、二人は……どういう関係なの？」

沈黙に耐えかねたわたしが口を開くと、天草先生はコゲツを窺うように少し見てから、答えてくれた。

「僕は、コゲツ様の式です」

「しき？」

「式は式神。神を降ろし、その荒ぶる御霊を妖怪変化させたもの。人ではありません」

さっぱり分からない。神様を降ろしたら、どうして妖怪になるのだろう？

眉間にしわを寄せると、ルームミラー越しの天草先生が困った顔で気弱な笑みを浮かべる。

「神を地に縛り付ければ、神は怒り狂います。その荒ぶる御霊は鬼と化すのです。そうなれば、神は鬼――つまり、妖怪になってしまう訳です。その魂を浄化するには、コゲツ様のような祓い師のもとで、手足となって働かなくてはいけないのです」

「人聞きの悪いことを言うな。働いてもらう対価として、清浄化に必要な霊気を集めているだろう」

「それがコゲツ様の仕事ですからね。……式というのは、再び神として元の場所に戻るために、祓い師や術者のような者に使われる、可哀想な下僕です」

「天草……そんなに私のもとで働くのが嫌なら、すぐさま浄化するが？」

「嫌ですねぇ。そんなことは言っていませんよ」

ハァーッとコゲツが大げさに溜め息を吐き、天草先生は眉尻を下げたままだけれど、なかなかに仲が良いみたいだ。

しばらく走行して街中に入ると天草先生がお弁当を買ってくれて、そこからまた家まで送り届けてくれた。

天草先生と別れて家に入ると玄関で待つように言われ、大人しく待つ。少しして、先に家に上がったコゲツがタオルと桶を持って戻ってきた。

「嫁殿、足を」

「え？　足？」

千佳に借りた運動靴を脱ぐと、足は乾いた泥がこびりついて黒くなっていた。

玄関の縁に座り、お湯を張った桶に足を入れる。コゲツにザブザブと洗われ、タオルで拭いてもらってから家に上がった。

「お風呂に入ってきてください」

「そんなに汚れてる？」

コクリと頷かれたので、わたしは着替えを用意してお風呂に入った。鏡に映ったわたしは思いの外汚れていて、コゲツが頷くのも納得だ。

お風呂から上がると、二人で黙々と天草先生が買ってくれたお弁当を食べた。

そうしている間も少し気まずくて、チラチラとコゲツに視線を送る。

「えっと……その」

コゲツが動きを止めて、わたしの言葉の続きを待ってくれる。

早く何か言わなくては……と思うのに、何を言えばいいのか出てこない。

初めに謝っておくべきだろうか？　それよりお礼を言うべきだろうか？

「あの、ね……、ごめんなさい」

結局謝ったものの、声が小さくなってしまう。

コゲツが箸を置き、わたしのほうを向いたまま小さく肩を落とした。

「嫁殿の謝罪は、何に対してのものです？」

「え……と、留守にしたこと。ううん。迷惑をかけて、かな」

「迷惑だとは思っていないが、心配はした。その謝罪だと思っておきます」

ううっ、口調が刺々しい。

コゲツは怒ると、丁寧口調が崩れるのかも？　天草先生には終始フランクだった気もするけど……

「あの、助けてくれて、ありがとうございました」

「それに関しては、自分の妻を助けるのに礼は不要です」

「うう……っ、だから、ごめんなさいって、謝っているのに」

「私が怒っている理由を知りたいですか？」

あまり知りたくないけど、ハッキリさせないとズルズル引きずりそうなので「はい」と答える。

「嫁殿。なぜ、わたしの部屋に入って木箱の封を破った！」

声を荒らげたコゲツに小さく身をすくめる。コゲツは言い終えてすぐに唇を噛みしめた。

「清め塩が、欲しくて……。勝手に部屋に入って、ごめんなさい」

「別に部屋に入るのは構わない。しかし、あの木箱の中身は清め塩などではない。なぜ分からなかったのか……。私がお守りを渡していなければ、その場で殺されていた！」

「だって、木箱の封に『清』って書いてあったから……」

涙目になりつつも、大事な物なら机の上に置いておくコゲツも悪いと、心の中でぼやく。流石にこんな事態になってしまっては、言葉にするのは憚られた。

コゲツの手が顔に近付いて、叩かれるのかと身を硬くさせる。しかし、気付くとコゲツの腕に引き寄せられていた。

えーと、これは、どういう状況だろう？　抱きしめられている？

「嫁殿。心配……させないでください。本当に危なかったことを自覚してほしい」

コゲツの声が震えている。

すぐ傍で鳴る胸の鼓動を聞いて、心配させ過ぎて怒らせてしまったのだと気付き、罪悪感で涙が出た。

「ごめん、なさい……」

「本当に、反省してください」

「はい……」

自分がやらかしたことで反省することは多々あるけれど、ここまで申し訳ないと思ったのは初めてかもしれない。

コゲツの胸に顔を押し付け、もう一度「心配させてごめんなさい」と口にした。

気持ちが落ち着いてから二人で居間に布団を敷き、居間の出入り口や柱にコゲツがお札を貼り付けていく。

わたしは布団の上に座って、その様子をアニメや漫画みたいだなぁと見ていた。

部屋の隅に寄せたテーブルの上には、清め塩を盛った小皿がある。

触ると塩粒というよりサラサラの粉状で、舐めると不味かった。にがりを薄めた感じで「おえっ」となった。

使わなかったらゆで卵につけて食べちゃおう。と呑気に思っていた気持ちが一瞬で消えてしまうぐらいの不味さ。

「ねぇ、コゲツはなんなの？　今までなんとなく避けてきた話題だけど、天草先生が祓い師とか色々言っていたし……そのお札みたいなのも、やっぱり気になる」

「私の一族、一の家系は代々『人ならざる者』と縁を結び、時に祓い、人の世界と彼らの世界の仲介人をしてきました。私はその八代目、祓い屋〈縁〉です」

　予想の範囲内……と言うべきだろう。

　普通の人は顔を布で隠して生活しない。どこかおかしいと気付いてはいたけれど、わたしは『普通』から外れたくなくて耳と目を塞いで誤魔化していただけで、本当は分かっていたのだ。

　本家に嫁入りを命じられた時から、普通ではない自分の立場を、『普通』に固執することで守ろうとしていただけ。

「嫁殿もご両親も、本家の水島家とは縁が遠く、家業とは関係ない職業に就いていますから、馴染みはないでしょうね」

「本家も何かしているの？」

「水島の一族は、『人ならざる者』を『巣』という固有の結界で作った屋敷に閉じ込め、それらを式や使い魔として他の術者に提供することを生業としています」

『巣』……もしかすると、ちょうど先ほど夢に見た、子供の頃の『鬼ごっこ』で使った屋敷が、その『巣』だったのかもしれない。

目が覚めてからはおぼろげになっていっているけれど、あそこは不思議なところだった。

「このところ水島家は術者の血が薄れていて、『巣』から『人ならざる者』が出ないようにするだけで精一杯の状態でした。そこで、少しでも術者の力のある子供を一（ほし）家に嫁入りさせることで、うちからの力添えを求めようとした。それで選ばれたのが、嫁殿だった」

「わたし、なんの力もないのだけれど？」

「水島家は嫁殿の能力を『それほどではない』と判断し、術者としては育てていないようですからね。それに、嫁殿自身が、自分の能力がどれだけのものかを分かっていない。だからこそ、無意識に使っている時もあれば使えていない時もある」

最後のお札を貼り終わったコゲツはわたしの横へ座り、顔半分を隠している白い布に手をかけた。

頭の後ろに手を回して紐（ひも）を解くと、布が滑り落ち、コゲツの素顔が現れる。

一瞬、息を呑んで魅入ってしまった。

目を閉じているけれど、思った通り美形と分かる整った造形をしている。凜とした雰囲気がある、と言うべきか。

「私の目には祓いの力があります。中学生くらいまでは、自力で能力を引き出すにはかなり力がいったのですが……小さな嫁殿に会った時、嫁殿の力に当てられて能力が安定しました」

「もしかして……あの、死体をサラサラにしちゃったやつ？」

「おや？　覚えていましたか」

「さっき、思い出して……」

やはりあの少年はコゲツだったのか。

なら、この閉じた目はピンクに水色という、小さなわたしの証言通りなのだろうか？

気になって、コゲツの顔をまじまじと見つめる。

「目が気になりますか？」

「だって、素顔を見るの、初めてみたいなものだし」

子供の頃に見たようだけれど覚えていないし、先ほどの夢でもぼやけて見えなかったのだから仕方がない。

「この白い布は普通の人には見えません。見えてもすぐに忘れるように術を施してあります」

「……皆には、コゲツの素顔が見えているってこと？」

「ええ。嫁殿が布しか見えないのは、それだけ能力が高いということですね」

そんな能力はいらないし、どうせなら何も知らずにコゲツの顔を見たかった。皆も知らない素顔をわたしだけが見たのだと思ったのに。

そもそも、なぜ白い布を付けているのだろう？

首を傾げていたわたしの前で、コゲツが瞼（まぶた）をゆっくりと開ける。

「わぁ……」

「気持ち悪くはないですか？」

「ううん。綺麗」

コゲツの目は、薄い桜色に薄紫と水色のグラデーションがかかったような色をしていた。

世の中には目の色を変えるコンタクトレンズもあるけれど、こんな風に綺麗に色が出るかは分からない。幼いわたしも見たようだし、この目は本物なのだ。

目を細めて笑うコゲツにドキッとしてしまう。

わたしの旦那様はイケメンだった——いや、顔は良いだろうなぁとは思っていたけれど、これはズルい。

わたしが知らなかったこの顔を、皆は拝めていたなんて。

「私達は基本、天草のような式を名前で縛り付けます。しかし、逆もあり得る。だから、こうして顔と名前を出さないようにしています」

「わたしはいいの？　名前はともかく、顔はそのままだよ？」

コゲツはわたしの頬を撫でて、優しく微笑む。

くすぐったい手のひらの温かさは、次第に自分の頬の熱で冷たく感じるようになった。

「嫁殿もそのうち私に感化されて、自分の能力を引き出しやすくなるはずです。けれど、まだ不安定なうちは嫁殿自身が花嫁修業で覚えた身を守る術の他に、私という護りがあることを覚えておいてください」

そんな不思議な能力はいらないけれど、コゲツが守護してくれるのなら、わたしの『普通』の日常を守ってもらえそうだ。

わたしは頷いてコゲツに抱きつく。

「っ！　嫁殿……？」

「ふふっ。コゲツ、顔が赤いよ～？」

「嫁殿……まったく、仕方がない人ですね」

普段なら見えない表情を見られて、全てが新鮮だ。わたしは機嫌よくはしゃいだ声をあげた。

お弁当の空き箱を片付け、わたし達は布団に横になっていた。今夜は三つ目が現れるだろうからと、安全のためにコゲツも隣で仮眠をとっている。

わたしが莢神社にいた時間は一時間もないと思ったのに、実は一日が経っていた。大事な休みである土曜を丸一日無駄にし、帰ってきたのは日曜の夕方。朝になれば学校が始まるのだ。少しでも仮眠をとっておいたほうがいいと、コゲツにも言われたのだけど。

「ううっ、寝なきゃと思うと眠れない」

もぞもぞと布団の中で何度目かの寝返りを打つと、コゲツに布団の上からポンポンと叩かれた。起きていたのか、もしかすると起こしてしまったのかもしれない。

布団に入る前に、コゲツはいつものように顔を隠してしまった。非常に残念。

「ねぇ、コゲツ。うちの両親は祓い屋のことを知っているの？」

「……ええ。嫁殿が子供の頃に、水島家と絶縁して海外逃亡まで考えていたようですから、私が説得しました」

「なんて言ったの？」

「娘さんの能力が水島家にバレた場合、娘さんは一生、水島家に飼い殺しにされますが、水島家より格上の私であれば守ってあげられますので、従うふりをしてほしいと。そして結婚に関しても、一生守るので傍にいさせてほしいとお願いしました」

わたしの知らないところで両親とコゲツは繋がっていて、わたしを守るために動いていたのだろうか？

それにしても、海外逃亡まで考えていたとは……うちの両親はアクティブ過ぎる。

ただ、両親が水島家の力に屈してわたしを差し出した訳ではないことも分かって、ホッとした。

そして何より、コゲツが両親に結婚の申し込みに行っていたことに驚きだ。

わたしが小さい頃と言うと、コゲツだって中学生か高校生ぐらいだったはずなのに、わたしをお嫁さんにすると決めるとは……

「あれ？　コゲツってもしかして、ロリコ……痛っ！　酷いコゲツ！」

もしや少女趣味（ロリコン）？　と、言いかけてコゲツに耳を引っ張られた。

「嫁殿……」

「ううっ、だって～」

「まったく。口は禍（わざわい）の元ですよ」

呆れた口調でコゲツに窘（たしな）められても、わたしはニヤニヤと緩む口元を止められない。

だって、わたしがたまたま『鬼ごっこ』で嫁入り資格を得たから、コゲツは仕方なくわたしと夫婦になったのだと思っていた。

それでも夫婦らしいことなんて一緒に住んでいることくらいだと思っていたら、うちの両親が絡んでいたとは。両親に色々言われているのかもしれない。それじゃあ、何もできないはずだわ。

それはともかく、両親にもコゲツにも守られていたのだと気付くことができて、つい布団に包まって足をバタつかせてしまう。

「嫁殿は落ち着きがないですね」

「えへへ。あっ、そうだ。聞くのを忘れていたのだけど、千佳が三つ目に『盗人』って言われていたのはなぜ？」

早く寝なさいと怒られる前に、話題を逸らす。

「大昔、あの神社では『三灯天神』という神が祀られていました。僧侶の体に神を降ろしたもので、木箱には僧侶の指が入っていたのです」

あ、やはりアレは指で間違いなかったようだ。

コゲツが起き上がってテーブルの上から木箱を取り、中を見せてくれる。

また指が入っているのかと身構えたけど、入っていたのは毛髪だった。

「僧侶の子孫。それが彼女、美空千佳の家系ですが……、戦争など様々な事情で社を維持できなくなり、神社の取り壊しのため、神を祓うことになりました。しかし、神を降ろした肉体には多少のご利益があるので、子孫が指を隠し持っていたようなのです」

「だから盗人？」

「ええ。肉体が欠けていたために神は祓いきれず地に縛り付けられ、あの社ごと地下深く沈められました。指を納めた木箱に封印を施していたのですが、美空千佳によって封印が破られ、再度封印したものを、今度は嫁殿が破いてしまった」

「うぐ……っ、ごめんなさい……」

コゲツにおでこを指でコツコツ突かれ、わたしはされるがままに反省した。

ううっ、そんな物騒なもの、机の上に無造作に置いていいものじゃないと思う。

でも、千佳が封印を破ったということは、元々は彼女が持っていたものを天草先生が回収して、コゲツのもとに持ち込まれたのだろう。

「指はもう三灯天神に取られてしまったので、子孫である美空家の人間、美空千佳の母親から髪をもらい、再度封印することになりました。嫁殿、次は封印を解かないでくださいね？」

わたしはコクコクと頷き、ふと思ったことを口にする。

「千佳のお母さんは継母だって聞いたけど、血縁者じゃなくてもいいの？」

「それは、本当ですか⁉」

　コゲツがズイッと顔を近付けてくるから、わたしは顔が熱を持つのを感じた。

「クラスの噂で、千佳の母親は養母だって聞いたの。本当かどうかは分からないけど」

「だとしたら、まずいですね」

　コゲツが部屋の掛け時計に顔を向ける。釣られて目をやると、時刻は二十時を過ぎたところだ。

　おもむろにスマートフォンを取り出したコゲツは、天草先生に電話をかけ始めた。式を呼び出す時は何か印を結んだりするものだと思っていたけれど、随分と現代的な呼び出し方法らしい。

「もう時間がない。急いで美空の家に行き、母親ではなく父親の体の一部を持ち帰れ！」

『かしこまりました』

　天草先生の声が漏れ聞こえてくる。コゲツがスマートフォンを切った。

「コゲツ、まずい状況？」

「……美空家は三灯天神の呪いを受けています。美空千佳が亡くなり、呪いは残りの血縁者へ向かう。母親の髪で封印を施せば万事解決のはずだったのですが……血縁者でないのならば、役には立ちません」

「その呪いって、どんなものなの？」

「美空の血が少しでも入っていれば、等しく淘汰される。つまりは一族皆殺しの呪いです」

言い終えると、コゲツが突然、自分の指先を強く噛んだ。ぽたりと血が滲み落ちる。ストレスの噛み癖だろうか？　と心配していたら、その指をわたしの額につけ、そのまま横に滑らせた。

「ひゃっ⁉　え？　何？」

「一家の一の字は、護りの字です。それを私の血で書きましたから、嫁殿の能力を一時的にですが引き上げることができます」

「護り？　というか、能力を上げるって何〜っ！」

「嫁殿にも簡単な術を使えるようにしただけです。元々の素質は持っていますから、私が指示を出した時にその通りにやってください」

そんなことを言われても、分かる訳がないのに⁉

「わたし、普通の女子高生！　分かんないよ！」

「嫁殿は、五芒星（ごぼうせい）を知っていますか？」

「星みたいな魔法陣みたいなの？」

コゲツはわたしの手のひらに血の付いた指で星を描く。

「木・火・土・金・水の五つの元素を表す魔除けの意味があります。この一つの線で五芒星（ごぼうせい）は描かれます」

「何かの役に立つの？」

「――来ます。こうした緊急時に役に立ちますよ」

コゲツの声と共に、ドンッと玄関の戸が叩かれた。

規則正しいリズムで三回叩かれる。そして、千佳の声で『あーけーてー』と三回続いた。

「さて嫁殿。私から離れないでください。もし結界が破られた時は、テーブルの上の清め塩を使ってください」

「分かった。でも、本当に来るなんて……」

「大丈夫です。ですが、天草が来るまでの時間稼ぎをしなければいけませんね」

コゲツはいつも通りの落ち着いた口調でわたしの頭を撫でると、玄関に向かって「入ってこい！」と呼びかける。

それに応えるように、廊下をひたひたと歩く足音が近づいてきた。

「なんで指を取り戻したのに追ってくるんだろう」

「……おそらく、三灯天神は美空千佳の体に乗り換えたのでしょう。そして、新しく呪いを発動させている」

「新しい呪い？」

「美空千佳の最後に会った人物——嫁殿への恨みで、呪いを発動したようです」

わたしが千佳を莢神社に置き去りにしたから？　あの時の千佳の悲痛な声が耳に痛い。

「嫁殿のせいではありません。あのままあそこにいれば、嫁殿も死んでいたのですから」

「でも、わたしが……」

「悪鬼に落ちた神は話が通じません。嫁殿が何を言おうと、変わらない運命です」

せめて、もう一度千佳と話をしたい。

ちゃんと謝りたい。置いていってしまってごめんなさいと言いたい。

ジャリッとこすれる音がしてコゲツの手元を見ると、一メートルほどの数珠のような物を手に巻き付けている。

「憎い！　憎い！　憎い！」

ハッと顔を上げると、廊下に赤い目をした千佳が立っていた。

額には赤い目玉がある。

「千佳……ッ」

「いけません。嫁殿は後ろにいてください」

手を伸ばそうとしたのをコゲツに止められ、わたしは申し訳なさに泣きたくなった。

いつも屈託なく笑う明るい千佳が、今は憎しみの顔でわたしを見返している。

「女を返せ！　女を返せ！　女を返せ！」

「嫁殿を返せとは、笑止千万。私の妻を二度も奪えると思うな！」

千佳の姿をした三灯天神が居間へ入ろうとするが、先ほどコゲツが部屋に貼っていたお札が効いているのか、バチンと音を立てて弾き飛ばされる。

しかし、それと同時に家もグラグラと揺れた。

「きゃあっ！」

「嫁殿、体を低く！　布団の上にいてください！」

もしかして、布団を敷いた意味って仮眠だけじゃなく、クッション替わりだったりもするのだろうか⁉

千佳は「開けろ！」と騒いでは廊下の壁に向かって弾き飛ばされ、その振動のせいなのか家が揺れる。

それの繰り返しだった。

「三灯天神！　大人しく社に帰れ！」

「黙れ盗人！　社のモノを社に返せ！」

「貴方は指を手に入れた！　もう地上に縛り付けるものは何もない！　元の場所へ帰れ！　帰れないのならば、社に帰れ！」

「帰る？　どこに！　呼び出し、縛り付け、封印され、再び呼び起こされた恨み、晴らさずして帰れるか！」

「今依り代にしている娘が貴方を目覚めさせた！　その娘を取り込むだけで充分恨みは晴れたはずだ！」

コゲツが説得を試みても、千佳は聞く耳を持たない。余計に怒りを募らせ、般若（はんにゃ）のような顔をしている。

何度目かの攻防で、家がミシリと音を立てた。

「結界よりも先に、家のほうが崩壊してしまいそうですね」

「それって大丈夫なの？」

「あまり大丈夫ではありませんね。本気で神祓（かみばら）いをするしかなさそうです」

「早くそうしよう！」

「そう簡単でもないのですよ。無理に消滅させて呪いが発動した場合、美空家の血筋の人間が犠牲になります」

「八方塞がり？　これピンチじゃないの⁉」

わたしがワッと頭を抱えたちょうどその時、またも千佳が弾き飛ばされた衝撃で、家が本格的にミシミシと軋（きし）み始めた。

「嫁殿、清め塩を！」

「は、はいっ！」

その合図でわたしが清め塩を千佳に投げつけ、ひるんだ隙にコゲツが千佳の体に数珠を巻き付けて押さえ込む。

「嫁殿、外へ！」

「うん。分かった！」

二人を廊下に残し、玄関でサンダルを履いて外へ駆け出した。

振り向くと、コゲツが千佳に馬乗りになっている。床を叩いて暴れる彼女の力は凄まじいようで、手が床を叩く度に板が削れた。

「どうしよう……」

警察を呼ぶ訳にもいかないし、花嫁修業で習った護身術も、怪力を発揮する千佳の前では無意味だろう。わたしにできることがない。

千佳が足をバタつかせて暴れると、それに合わせて家がズンッと音を立てて揺れる。体は十五歳の少女のはずなのに、一体どんな脚力をしているのか……

「このっ！　放せ！　放せ！　放せ！」

「悪いが、天草が来るまでは、どこにも行かせない。さもなくば恨みを忘れて、自分のいるべき場所に帰れ！」

「憎い僧の子孫を根絶やしにするまでは、帰れない！　この恨みは晴らせない！」

「それが、元は神だった者の言い草か！」

吠えるような千佳の声に、説得しているのか怒っているのか半々の声を叩きつけるコゲツ。揉み合ううちに、二人は玄関まで転がり出てきている。

三灯天神の恨みは深く、美空家は大昔の先祖のことでずっと恨まれ続けていたのだろう。執念深いというか、せっかくの帰れるチャンスまでふいにしてしまうのは勿体ない。

わたしなら、帰れる場所に帰って、地上での嫌なことは忘れてしまうのに。

二人がごろごろと移動しながら争う様子を付かず離れずで見ているうちに、門扉の前に黒塗りの車が停まり、中から天草先生と千佳のお母さんが降りてきた。

「ミカサ様、大丈夫ですか！」

「天草先生！　なんで千佳のお母さんが？　お父さんが必要だったんじゃ？」

天草先生は、わたしを上から下まで見て無事を確かめると、問いには答えずコゲツへ声をかける。

「コゲツ様！　術の封印をそのまま行ってください！」

「天草！　説明はしたのか⁉」

「致しました！　この方には、親類縁者はおりません！」

「分かった」

頷いたコゲツが呪文のようなものを唱えると、千佳が「ガアァァ」と唸り声をあげてコゲツを蹴り飛ばした。

家の壁に打ち付けられたコゲツを一瞥し、千佳が獣のような声を出す。と、真っ直ぐこちらに走ってきた。

「嫁殿ッ！」

「千佳ちゃん！」

迫りくる赤い目にすくみ上がって立ち尽くすわたしの前に飛び込んできたのは、千佳のお母さんだった。

「危ないッ！」

飛び出した千佳のお母さんを天草先生が庇う。遮るもののなくなった千佳がわたしに突進してきたかと思うと、手が触れる直前でバチッと静電気が走るような音が響いた。

「ぎゃあぁ！」

叫んで千佳が飛び退く。

「な、何……？」

「小娘、貴様ぁ！」

「え？　やだ、何？　なんなの⁉」

そう怒鳴られても、わたしだって何が起きたのか分からない。

「嫁殿！　一の字を書くんだ！」

ハッとして、自分の額にコゲツが書いた血文字を思い出す。

護りの字。わたしにも使えるように、コゲツが能力を上げたと言っていた。

千佳が再び駆けてくる。

どこにどうやって一の字を書けばいいの⁉

ここには紙もペンもない。

後退った時、足元でジャリッと音が鳴った。爪先を見下ろす。

書ければ、どこでも問題ない……かな？

「死ねぇぇぇ！」

「ヒッ！」

飛び掛かってきた千佳に身を縮めながら、爪先を横にずらして地面に横棒を引く。

失敗したらどうしよう？　よく分かっていないわたしが一の字を書いただけで本当にどうにかなる？

痛いのは嫌だなぁ。このまま襲われて死んだらどうしよう〜っ。

わたしが死んだら、警察に遺体解剖とかされちゃう？

走馬灯ではないけれど、一瞬のうちに色々考えてしまった。事故の時なんかは全てがスローモーションのように映ると言うけれど、これも同じ現象だろうか？

「ギャア！」

千佳の手がわたしへ触れる直前、足元の一の字が光を放った。その光は土に五芒星を描き、千佳の体を地面に張り付ける。

「ふぁ……っ」

「嫁殿ッ！　大丈夫か⁉」

これ、本当にわたしがやったんだろうか？　びっくりして腰が抜けそうだ。

コゲツが走ってきて、わたしをまじまじと見下ろす。

「なんとか、大丈夫、みたい？」

「すみません。守ると言ったのに、まだ私も修行不足です」

わたしはドキドキする胸に手を当てて、首を横に振る。

能力なんてないと思っていたのに、こんなことができてしまったことに驚きだ。恐怖と驚きとがない交ぜになっている。

「千佳ちゃん！　お母さんよ！　分からないの⁉」

「美空さん！　近付いてはいけない！　コゲツ様、早く術を！」

二つの叫び声に目をやると、千佳に近付こうとする彼女のお母さんを天草先生が必死に取り押さえているところだった。

コゲツが再び呪文を唱え始める。

千佳は地面に倒れたまま、「お母さん！　助けて！」と、今までの獣のような唸り声とは全く異なる高い悲鳴をあげた。

「止めて！　千佳ちゃんが苦しんでいるわ！」

「美空さん！　もうお嬢さんは亡くなっている！　これは別のモノです！」

「嘘よ！　千佳ちゃん、お母さんが助けてあげるからね！」

天草先生を突き飛ばし、千佳のお母さんが駆け出した。

「お母さん！　あの子の足元の字を消して！」

千佳のお母さんが自由になったのを見て取ると、千佳が必死にわたしを指さす。千佳のお母さんがわたしのほうを振り向いた。

「嫁殿！　一の字を！」

「はい！」

千佳のお母さんが動き出す前に、わたしはまた足で地面に一の字を書く。先ほどと同じように一の字から光が放たれると地面に五芒星が現れ、前のものと重なるように千佳の体を地面へ固定する。

「止めて！　止めて！　貴女は千佳ちゃんのお友達でしょう？」

泣いて訴える千佳のお母さんを直視できず、目を逸らした。

千佳とわたしは、友達と呼べる仲かは分からないけれど、余計な詮索をし合わない心地よい関係で、社に閉じ込められた時、初めて千佳を近くに感じた気がする。

「どうして……お友達なら、助けてあげて！」

服が汚れるのも気にせず、千佳のお母さんがわたしの一の字を消す。わたしもかき消されてはまた足で一の字を書いた。

走ってきた天草先生が千佳のお母さんを羽交い絞めにして引き剥がす。それでも、今度は足で地面の字を消そうと暴れていた。

「千佳さんは、もう助かりません！」

「嫌よ！　だって千佳ちゃんは、目の前にいるじゃない！」

「千佳さんは、目が赤かったですか？　額に目がありましたか？　腕の折れている千佳さんがあんな風に腕を動かせますか？　もう死んでいるんです！」

「千佳ちゃん！　千佳ちゃん！　嫌よーッ！」

天草先生の言い聞かせるような言葉に逆らうように泣き叫ぶ様子に、胸が詰まる。

上手くいっていないと噂の母子ではなかったの？

だんだんと弱まっていく千佳の抵抗に、わたしも、目の前にいるのは本当の千佳なのではないかと思い始めてしまう。

でも社の中で、本物の千佳は隅に縮こまり、三灯天神が叫んでいたのを、コゲツの虫メガネで見ている。

「おかー、さん……タス、けてぇ」

弱々しい千佳の声。

本当に千佳の魂はそこにないのだろうか?

「三灯天神、三度(みたび)封印する! 社に眠れ!」

コゲツが手に持った木箱の上、空中に一(ほし)の字を描く。青白い五芒星(ごぼうせい)が浮かび上がり、木箱の中の髪の毛に降りかかった。

『清』と書かれた封紙を木箱に貼り付けると、千佳の獣のような断末魔の声が響き渡った。そのまま力なく地面に横たわって、動かない。

コゲツが立ち上がると、天草先生も千佳のお母さんから手を放す。

千佳のお母さんは彼女のそばにまろび出て、倒れた体に覆いかぶさった。大粒の涙をいくつも降らせている。

「嫁殿、もう地面の字を消しても大丈夫ですよ」

弱々しい声に顔を上げると、コゲツの頬には汗が流れていた。

手で脇腹を押さえている……千佳に蹴られていたし、その前に莢(さや)神社でわたしも蹴ってしまった。

「お腹、大丈夫?」

「ええ。大丈夫です」

わたしが地面の字を消すと、五芒星が千佳の体から消える。

天草先生がコゲツに肩を貸し、受け取った木箱を胸ポケットに入れた。

わたしもコゲツの横に並び、手をそっと握る。

「これで、千佳の魂は救われたかな……」

「それは……」

口ごもるコゲツに対し、天草先生があっさりと「無理です」と答える。

「天草ッ！」

「コゲツ様、誤魔化したところで、いずれはバレますよ」

それだけ言うと、天草先生はスマートフォンを手にどこかへ電話をかけ始めた。

その間、わたしがコゲツを支えたけれど、身長差があるせいで脇腹が痛むようだ。呻いている。しかし、離れようにもコゲツがわたしの頭頂部に顔を埋めてしまい離れられない。

「コゲツ。千佳は……あの社に、閉じ込められたままなの？」

「三灯天神が地上から帰還しない限りは、無理ですね」

「どうにかならないの？」

「祓い屋は……祓い、縁を結ぶだけ。交渉を主としています。あの拒みようでは交渉は難しいでしょうね。完全に消し去ることもできますが、無理に祓ってしまえば呪いが発動し、美空家の血縁者もあの母親も命を奪われてしまいます」

だから、諦めなさい。

そうコゲツの声は言っているように思える。

わたしには何もできない。

千佳のお母さんは、千佳の魂が別のところに閉じ込められていることは知らないだろう。これ以上悲しまないように、せめてこの話は黙っておこう。

「コゲツ様。処理班を呼びました。ミカサ様、もう大丈夫ですよ」

天草先生に任せると、コゲツに肩を貸しながら玄関へ連れていく。腰かけたコゲツはぐったりと壁に頭を預けてお腹を押さえていて、相当酷いのかもしれない。

「千佳ちゃん……目を覚まして。お母さんとお家に帰りましょうね。ねぇ、千佳ちゃん。千佳ちゃんが好きなお料理、いっぱい作ってあるのよ。お母さん、貴女がいつ帰ってきてもいいように毎日作っていたの」

千佳のお母さんは、千佳の体を手で何度もさすっている。

まるで、体温が戻れば千佳が生き返ると思っているように、何度も。

「千佳の、お母さん……何もできなくて、ごめんなさい」

「千佳ちゃんは、私のことを何か言っていたかしら？」

千佳のお母さんは振り向かず、小さく肩を震わせている。

「いいえ。わたしは千佳と家族の話をしたことはないので……」

「そうなの。……千佳ちゃんとは、三つの時に会ったの。私のことを母親だと信じていて、仲が良かったのよ」

「そう、ですか……」

「でも小学校三年生の時に、千佳ちゃんがお友達を叩いたことがあって。相手のお母さんに、私が後妻で躾（しつけ）をしていないからだって言われて、血が繋がらないことを知ってしまったの。千佳ちゃんは酷く傷付いて、それからは会話を拒まれてしまったわ」

背を向けてポツポツと話す千佳のお母さんには見えていないと思うけれど、わたしは黙って頷（うなず）きながら耳を傾けていた。

もしわたしが、自分の母親と実は血が繋がっていないといきなり第三者に知らされたら、最初は信じたくないし傷付くと思う。

だってわたしも、お母さんが大好きだから。

「千佳ちゃんは、心から私が嫌いだったのかしら？　それとも、さっき私に助けを求めたのは、私を母親として認めてくれていたからなのかしら？　もう、千佳ちゃんは答えをくれないのね」

咄嗟に「千佳もお母さんが好きですよ」と慰められるほど、わたしは千佳を知らない。

千佳の傍ら、お母さんがいるのとは反対側にしゃがみ込んで、わたしも彼女の手を握り締める。

「千佳……わたし達、これからもっと仲良くなれた。寂しいよ……こんな風に急にお別れなんて、嫌だよ……」

溢れた涙が頬を伝って、静かに千佳の上に落ちていく。

まだ十五歳。早すぎるよ、千佳。

千佳の髪を撫でると、千佳の体中——目、鼻、口、耳、穴という穴から泥と水が溢れ出した。

千佳のお母さんとわたしは悲鳴をあげてたじろぐ。手を放そうとしたけれど、千佳の手が放してはくれなかった。

「ミカサ様！　これを！」

天草先生が先ほどの木箱をわたしに投げてよこしたけれど、取り損ねて千佳の上に落ちる。

どうしてこれを？

顔を上げて天草先生を見ると、「封を解いてください！」と叫んでいる。

やっと封印したのに、解いてしまっていいのだろうか？

しかし泥は溢れ続けている。悩んでいる暇もなく、わたしは『清』の札を剥がした。

「嫁殿！　三灯天神と美空千佳の縁を切ってください！　貴女ならできます！」

コゲツがそう言いながら、こちらへ来ようと立ち上がる。

千佳の体から溢れ出す泥水は際限なく、滾々と湧き出る泉のようだ。

「コゲツ！　どうすればいいの⁉」

「集中して！　嫁殿の中にある美空千佳を救いたい気持ちを思い浮かべて、彼女に強く触れてください！」

助けたい気持ちは溢れ出るぐらいある。

でもどうやって？　強く触れるだけでいいの？

わたしは木箱をポケットに突っ込むと、未だ放してくれない千佳の手を両手で握り返す。泥水の中から彼女の体を引きずり出そうと力を込めた。

「千佳ちゃん！　大丈夫よ。お母さんがついているからね！」

こんな訳の分からない状況でも、千佳のお母さんは本当に千佳を愛しているんだ。実の母親以上に母親なのだろう。

千佳、こんなに貴女(あなた)は愛されているんだよ？

だから、お母さんのところに戻ってきて！

「ぐぅう、重い……ッ」

「千佳ちゃん！　千佳ちゃん！」

千佳のお母さんもわたしも泥だらけで、近くに寄ってきたコゲツも天草先生も足元が泥水に浸(つ)かっていた。

「お願いだから、千佳を返してーッ！」

グイッと力一杯千佳を引き上げる。

頭が泥水から抜け出した時、千佳の目がカッと見開き、瞳から飛び出した赤い光が空に向かって消えていった。

「——ゲホッ、うえっ、うえぇ……ゲホッ」

「千佳ちゃ……ん？　千佳ちゃん！」

赤い光を目で追った体勢のまま、呆然と明るみ始めた空を見上げていると、握っていた千佳の手がするりと抜けた。視線を落とすと、千佳が口から泥を吐きながら咳き込んでいる。

千佳のお母さんが千佳を抱きしめると、千佳は余計にむせて「目が痛い！」と泣き声をあげた。

生きている……？

「コゲツ……千佳が、生きてる……」

「ええ。魂が体のほうに戻ったようですね。やはり、嫁殿は使いこなすことさえできれば、縁を切る能力があるようです」

コゲツがジャケットからハンカチを出して、わたしの顔を拭いてくれる。いつもの紫陽花(あじさい)のハンカチはすぐに泥だらけになってしまった。

「えーと、わたしが、やったの？」

「そうですね。嫁殿は三灯天神と美空千佳の縁を切り、三灯天神は本来いるべき場所に帰ったようです」

自分の手をジッと見つめるわたしに、コゲツは「額も拭いてしまいましたから、もういつもの嫁殿ですよ」と笑う。

これはわたしの力と言うより、コゲツが能力を上げてくれたおかげでは？

この後、天草先生がコゲツと千佳を病院に連れていった。

千佳が目に土が入って痛いと騒ぐのと、左腕はやはり折れたままだったらしい。

コゲツは肋骨にヒビが入っていたそうだ。

わたしはといえば……一睡もしていないのに、学校に行かされた。


「疲れた……」

お昼休みになり、わたしは机に突っ伏した。授業中によく眠らなかったなと自分を褒めたいところだ。お昼を食べたいところだけれど、このまま寝てしまおうかとすら思う。

コゲツが病院に行ったからお昼のお弁当がない。そのことに気付いたのはついさっきという、自分の間抜けぶり。

購買部でお昼を買うには出遅れてしまった。今行ってもロクなものはないだろう。

「お腹空いた……朝、食べてないのに」

友達一人まともにいないわたしには、お弁当を分けてくれる人もいなければ、心配してくれる友達もいない。

ロンリーウルフ、ここに極まれりだわ。

あー、このまま午後の授業をさぼって、コンビニ……いや、ファミリーレストランでも行ってしまおうかな？　眠いしお腹が空いているし、こんな状態で午後の授業なんて受けたら、お腹が可哀想な泣き声をあげてしまう。

机に突っ伏したままそんなことを考えていたら、ふいに教室がざわついた。それでも体勢を変えずにいると、わたしの机に何かが置かれた気配がした。

怪訝(けげん)に思って顔を上げる。目の前には、可愛らしいお弁当箱が二つ、置いてあった。

「ミカサ。うちのお母さんが、ミカサにどうぞって」

「千佳……、病院は？」

「見ての通りだよ。それより、お腹ペコペコなんだけど？」

千佳が当然のようにわたしの前の席に向かい合わせに座り、お弁当袋を開け始める。片手では開けにくそうなので、わたしは千佳のお弁当袋を開けるのを手伝った。

千佳の右目には眼帯、左目は真っ赤に充血している。左腕にはギプスに三角巾。どう見てもボロボロな状態ではあるけれど、わたしに向かって明るく「ありがとう」と笑う。

「どういたしまして。では、ありがたくお弁当もらうね」

「どうぞどうぞ」

お弁当の蓋を開けると、手の込んだ可愛くファンシーな内容だった。

「おおっ。千佳のお母さんのお弁当可愛い！」

俵おにぎりは海苔でパンダのようになっているし、花のような形のウインナーの真ん中にはうずらの目玉焼きがはまっている。卵焼きは猫の顔をしていてゴマで目を入れてある。ミニハンバーグの上のチーズは星型。サラダに使われているマカロニは熊の形をした可愛らしいものだ。

「お母さん、昔からこういうお弁当を作ってくれるの。小学校で行事がある日は、あたしは人気者だったんだよ」

照れたように笑う千佳。お母さんとの蟠り(わだかま)は解けたのかな？　結局は誰もが遠巻きに見ているだけだった。

千佳に話しかけたい様子のクラスメイトもいたけれど、結局は誰もが遠巻きに見ているだけだった。

そして放課後。

千佳と商店街のハンバーガー屋さんに入り、嫁入りして初めての買い食いをした。

左手の使えない千佳に、ハンバーガーの包み紙をめくり、「あーん」と食べさせる。

食べさせている途中で、二人共恥ずかしさに笑ってしまったけれど、友達っていいものだなと思う。

「はい。千佳、あーん」

「ミカサって、恋人とかに甘えさせるタイプ？」

「んーっ、どちらかと言うと、甘えているほうかな？」

「またまた〜」

何気ないやり取りをしながらも、死んだはずの千佳が息を吹き返し、今こうして目の前にいることが信じられない。

それにしてもなぜこんなところで買い食いをしているのかと言うと、天草先生が電話で呼んだ『処理班』の人達が我が家の庭を片付けている最中らしいのだ。最後の授業が終わる少し前に、コゲツからスマートフォンのアプリで『放課後は少し時間を潰してから帰ってきてください』とメッセージが届いていた。とても可愛らしいスタンプを添えて。

わたしとのメッセージ用にスタンプを買ったのかと思うと、ニヤニヤしてしまう。

「ミカサ、顔が怖いよ」

「酷いなぁ、もう。あっ、それより、千佳に聞きたいことがあったの」

「何？　千佳さんになんでも聞きなさい！」

千佳がそう胸を張る。

「どうして封印された木箱を持ち出したの？」

「あー、それ聞いちゃう？」

わたしの質問を受け、千佳はすぐに背中を丸めて気まずそうに口ごもった。

「亡くなったお婆ちゃんがさ、美空家で何かあれば蔵の中の木箱を莢神社に奉納しなさいって言ってたんだよね。ずっとお母さんと溝があって、どうにかしたくて持ち出したんだけど……中が気になって学校で開けちゃったの。そしたら天草先生に取り上げられちゃって……えへへ」

なるほど。木箱が天草先生からコゲツのところへ持ち込まれた経緯は、これだったようだ。木箱はその時にコゲツに封印されたものの、千佳はそれより前に三灯天神に襲われたのだろう。

でも、こうして千佳が生き帰ってくれて良かった。

「千佳。ナゲットも食べる？」

「それは片手でも食べられるよ」

ナゲットを摘まんで「まぁまぁ、あーん」と千佳へ笑って差し出す。しかし、ナゲットが千佳の口に入る前に、突然横から手を掴まれ、持ち上げられた。

顔を上げると、コゲツがナゲットを口に入れて、わたしの指を舌で舐めている。

「コゲツッ！　わっ、わっ、指ぃ……」

「……ん。ちょうど庭の片付けが終わったので、夕飯の買い物をしに出てきたんです。嫁殿はこんなところで買い食いですか？」

指、舐められた……指先が湿って冷たいような熱いような。

なんだろう？　心臓がドキドキして恥ずかしい感じ。

「コゲツ、肋骨は大丈夫？」

「ええ。なんともないです」

恥ずかしさに話題をすり替えて、コゲツに座るように促す。

わたしの隣に座ったコゲツはトレイの上のナゲットを摘まむと、「あーん」とわたしの口に入れてきた。

「ミカサ。あのさ、その人……お兄さん、じゃないよね？」

チラチラとコゲツを見上げる千佳に、そういえば三灯天神の騒ぎの時はそれどころじゃなくて、ちゃんと顔を合わせるのは初めてだったかもしれないな、と思い出す。

「一コゲツさん。わたしの、夫……です」

そう言ってから、紹介してしまって大丈夫だったか、横目でコゲツを見る。

「ミカサの夫のコゲツです。妻とは、これからも仲良くしてあげてください」

「あ、はい。……って、ミカサいつ結婚したの⁉」

「えっと、高校に入学する前……です」

「うわぁー……え？　ミカサ十六歳なの？」

「一応、千佳の一つ上で、高校も一年遅れての入学だよ」

「わぁー、先輩！」

千佳に「うわーうわー」とはやされて恥ずかしい。それに、結婚して初めてコゲツに名前で呼ばれたことに、心がそわそわとこそばゆい。

「まぁ、私のことはひとまず置いておいてもらっていいかな？」

コゲツが真面目な口調になったことで、わたし達は自然と姿勢を正した。

「美空千佳さん、これから貴女（あなた）の身柄は〈縁（えにし）〉が管理すると思ってください」

「えにし？　なんですかそれ？」

千佳が不思議そうな顔をして、わたしとコゲツを交互に見る。

コゲツは端的に「祓（はら）い屋です」と説明した。にわかには信じがたい職業だし、わたしも実際目にするまで半信半疑ではあったけれど、わたしも千佳も、もう足を踏み入れてしまった。信じるよりほかにない。

「あたしがなんで、祓（はら）い屋さんに管理されるの？」

助けを求めるように千佳がこちらを見てくるが、わたしにもサッパリだ。

「美空千佳さん、貴女（あなた）は死んでいた。それは分かりますか？」

「えーと、あんまり。でも、なんとなく、自分が体に戻れない場所にいたのは覚えています」

コゲツは少し薄汚れたハンカチを千佳の前に出す。それはいつもコゲツが用意してくれる、紫陽花の刺繍が施してあるハンカチだった。

「あっ、ミカサに貸してもらったやつだ。病院で診察中にどこかにいっちゃったと思ってた」

「これには、魔除けの効果がある紫陽花が刺繍してあります。嫁殿にいつも持たせている物ですが、今回は魂になってしまった貴女に嫁殿が渡した。このハンカチのおかげで、三灯天神の邪気に当てられた貴女の魂は浄化され、無事に体に戻ることができた」

千佳が目を丸くする。きっとわたしも同じような顔をしているだろう。

涙を拭きなさいという意味で渡したハンカチが、まさかの活躍をしていたようだ。

「えーと、ありがとうございます?」

いまいち分からないという顔で、千佳が首を傾げる。

「おそらく、これからは今まで通りの普通の生活を送ることは難しくなると思います」

「どういうこと？　なんかヤバめな話になる？」

おどけているようにも聞こえるけど、本人は至って真面目なのだろう。

わたしもよく分からない話に、黙ってコゲツの言葉を待つ。

「神が一時的でも依り代とした体には、神の力の一部が残っている場合があります。その能力を正しく扱えるように、修行してもらうことになります」

「うーん。それって、手からシュバババって、何か凄い技が出るとか？」

千佳がふざけて手で空を切る真似をした瞬間、指先の辺りから、バチバチバチと音を立てて赤い稲妻が走った。

稲妻が向かった先に目をやると、向かいのテーブルが燃えている。

「え？」

「うっそぉ……」

「何をしているんだ……すぐに店を出ますよ」

「えっ！　まだ食べ終わってないよぉ！」

騒ぐ千佳をコゲツが強引に引っ張る。わたしは千佳の荷物を持ち、二人の後を追って店を出た。

商店街を歩きながら、千佳はコゲツに叱られ、わたしはコゲツを宥めて、千佳を慰めた。

普通に驚いたけど、これは『管理』されても仕方がないかもしれない。

「美空千佳。次に騒ぎを起こしたら、三灯天神の代わりに莢神社に生き神として縛り付けますからね！」

「ミカサぁ～。ミカサの旦那さん怖いよぉ」

「あー、うん。少し怒っているかな？」

コゲツはすっかり千佳に修行させる気のようで、口調も厳しい。

「コゲツ。莢神社って、あの干乾びた土地のことでしょ？」

「嫁殿が三灯天神を解放した時にあの土地への恨みとも縁が切れましたから、今は元の莢神社に戻っています。流石に社は建て替えるようですが」

「そうなんだ。新しい神社に建て直されるなら、良かったね。わたしも役に立ったね」

コゲツの口元がふわっと笑って、囁くように言った。

「嫁殿は昔から変わらない。そこが私は好きです」

告白のような言葉に、耳まで燃えるように熱くなる。

ああ、なんだかとても今更だけど、わたしはコゲツが好きかもしれない。

「嫁殿、行きましょう」

「ミカサ、早く行こうよ」

わたしは赤くなっているはずの顔を見られないように二人の後ろを歩く。

これからわたし、どうすればいいんだろう?

結婚して、一緒に住んでしばらく経つのに、本当に困った。

第二章　火車(かしゃ)

ほんのりと魚を焼く匂いが家中に漂って、炊飯器が炊きあがりを知らせる音を立てている。

お味噌汁の香りに釣られて、わたしは台所に向かった。

台所では、長い髪を頭の高いところで一つにまとめたコゲツが、黒いエプロンを付けて忙しそうに朝食の準備をしている。

「コゲツ、おはよう。いい香りだね」

「おはよう、嫁殿。あと少しで朝食ができるから、顔を洗ってきてください」

「はーい」

まるでお母さんのようだけど、コゲツはわたしの夫である。

祓(はら)い屋〈縁(えにし)〉という怪しげな家業と、顔半分を白い布で覆い隠している以外は、至って普通の、お料理上手な青年だ。

しかも布の下に隠された顔は、凜として涼しげな美貌である。

結婚した後で、今更、本当に今更だけど、わたしはコゲツが好きなのだと気付いたのが春の終わり頃だ。

季節は夏に変わり、もうすぐで夏休みに入るところである。

顔を洗って居間に行くと、コゲツがちゃぶ台に朝食を並べているところだった。

「今日は、鮭のハラミ、卵焼き、ほうれん草のおひたし、ミョウガの味噌汁です」

「わたし、鮭のハラミ好き。ミョウガのお味噌汁は初めてかも？」

「夏は庭のミョウガがよく育ちますからね」

「そうなんだ。いただきます」

コゲツと向かい合って朝食をとる。自分の気持ちを自覚し始めたわたしは、コゲツの前で大きな口を開けないように丁寧に食べることにしていた。

好きな人に、ガッツいて食べているところを見せたくない乙女心というものだ。

白いご飯に、焼いた鮭のハラミ。普通の鮭の切り身と違ってトロッと柔らかく、皮はパリッとしている。

卵焼きも甘さがほどよく、鮭の塩気と交互に食べると甘みがより際立った。ほうれん草のおひたしは、砂糖醤油にすりごまも入っている。ミョウガのお味噌汁は、初めてだけれど、夏の暑さをスッキリとさせてくれて、夏バテ対策に良さそう。

うーん、朝からとっても美味しい食卓！

「今日も美味しい！」

「それは良かった。ああ、そういえば、お義母さんから手紙が届いていましたよ」

コゲツがエプロンのポケットから白い洋形封筒を取り出して、渡してくれる。お母さんの可愛らしい丸文字でわたしの名前と住所が書かれていた。

そういえば、わたしが花嫁に選ばれた行事の写真を見つけたから送ってくれる、という話をしたっけ。その後、住所を間違えたとかで、「一度返ってきてしまったのよ」とも言っていた。

もう行事は思い出したから、写真の話をすっかり忘れていた。

封を開けると、中から花柄の便箋（びんせん）と写真が出てきた。

『ミカサへ。元気にしていますか？　コゲツ君と仲良くやっているかしら？　ミカサはお母さん達になかなか連絡をくれないから、お父さんが少し拗（す）ねています。そうそう、この間ね、裏の家で……』

延々とご近所さんの話と、たまにわたし達のことを心配していることや、学校はどうか？　という当たり障りのない言葉が書いてあった。

長い上にとりとめのない話が多いけれど、お母さんはいつもこんな風だ。

写真は、やはりこの間思い出した『鬼ごっこ』の時のものだった。

着物姿の親戚の女の子達が並び、わたしの夢には出てこなかった鬼役の人もいた。

『鬼』と書かれた着物を着て、顔には鬼の面を付けている。

「鬼ごっこ……変な行事だったなぁ……」

「私も見ても良いですか？」

「うん。どうぞ」

写真をコゲツに見せると真っ先に「可愛いな」と言う。やっぱりコゲツって少女趣味？　とジト目で見てしまい、指でおでこを弾かれた。

「嫁殿。失礼なことを考えたでしょう？」

「えへへ。分かった？」

「やれやれですね。この行事は、水島家が過去に捕らえた『人ならざる者』を使って、子供達にそれを見る力があるかどうかを調べる儀式のようものですね。この鬼役は監視役であり、子供が危ない場合には連れ出す役でしょうね」

「『巣』っていうやつだっけ？」

コゲツが頷く。

わたしは一族の本家、水島家の生業を思い出していた。

『人ならざる者』を他者へ提供すること。そのために『巣』という屋敷に『人ならざる者』を閉じ込めているが、最近では水島家の血が薄れており、『人ならざる者』を『巣』に閉じ込められる能力者が少なくなってきた。

そこで、分家にあたる親戚の子供達を集め、能力者として使えるかどうかを見定める場を設けた。少しでも力のある子供を一家に嫁がせて、そのつながりで『巣』を管理してもらおうという考えのもと行われたのが、この『鬼ごっこ』だ。

「実際に三灯天神のようなモノを見たでしょうから、参加した多くの子供が精神的にダメージを受けてしまったでしょうね」

そういえば、従姉のキクカ姉さんの姿を見なくなったのも、この行事の後からだ。まだ幼かったわたしはあの首の折れた女の子のことがよく分かっていなかったけど、キクカ姉さんには分かってしまっただろうから。

「この写真、皆笑っているけど、行事の前に撮ったんだろうね」

「そうでしょうね。『巣』に捉えられていた『人ならざる者』が解放されていましたから、行事の後では笑える子供も少なかったでしょう。……水島家も、まさか嫁殿のような、本来の水島家の能力を持った子供が交じっているとは思わなかったでしょうね」

「そう言われても、千佳の時もだけど、わたしには力を使った自覚がサッパリだよ」

コゲツはわたしの頬に手を当てて、まるで壊れ物を扱うように優しく撫でる。

うう〜っ、朝から顔がゆでダコにされてしまう。

「嫁殿の能力は、縁も理も断ち切る、浄化能力が高いものですね。まぁ、まだまだ能力を自由に扱うには不安定なので、私と一緒に能力を上げていきましょう」

「うん。これからもよろしくね、コゲツ」

お母さんの手紙と写真を封筒に戻し、笑顔で食事を再開する。

「おっはよー。ミカサに師匠」

少しして、そんな元気のいい声が玄関のほうからかかった。足音がこちらへ向かってくる。

ギプスで固めた左手をブンブンと振りながら、同級生の美空千佳が白い歯を見せてひょこっと顔を出した。

「おはよう。千佳」

「まだご飯中なの？」

「千佳が早いのよ。まだ朝の六時だよ？」

「あはは ー。朝練の癖が抜けなくてね。あっ、鮭だ」

千佳がひょいっとわたしのお皿から鮭ハラミを摘まみ上げ、止める間もなく口に放り込んだ。

「あーっ！　わたしの鮭ハラミ〜っ！」

「ほふ？　んぐっ、お腹いっぱいで残してたんじゃないの？」

「一番好きなところは、最後に食べたかったのにぃ」

そう嘆いて千佳の両頬を引っ張っていると、コゲツが自分の鮭ハラミをわたしの口に放り込む。

「んむ……コゲツ、コゲツのおかずがなくなっちゃうよ！」

「私は味噌汁と漬物があれば十分ですよ」

「流石、師匠〜。渋い」

「千佳！　大人しくしてなさい！」

「はいはい。お茶だけもらうねー」

千佳は軽い足取りで居間を出ていく。自分で淹れるらしい。

なんとポジティブでアクティブな子だろう。

ほんの数週間前の出来事が嘘のようだ。

あれから千佳はコゲツのもとで修行することになった。修行をアッサリ受け入れて、今ではコゲツを師匠と呼んでいる。

コゲツを怖い怖いと言っていたけれどやる気はあるようで、とても張り切っているのが千佳らしいところだ。

「コゲツ、千佳の修行は大丈夫なの？」

「まぁ、なんとかなるとは思います。天草もいますし」

天草先生はコゲツの式神で、わたしの高校の現代文の先生でもある。

わたしを心配したコゲツが天草先生を学校に潜り込ませたのでは？　と勘ぐっている。自惚れかもしれないけれど、コゲツに大事にされている自覚はあるのだ。

「放課後は、寄り道せずに帰ってきてください」

「何かあるの？」

「千佳の修行があります。二人で帰ってくるなら寄り道せずに、ということです」

「なるほど」

放課後の買い食いもショッピングも駄目なようだ。残念だけど仕方がない。

残りのご飯とおかずを食べ終えて、制服に着替えるとお弁当を受け取り、待たせていた千佳と一緒に学校へ向かう。

「ミカサ。師匠、何か言ってた？」

「放課後は寄り道しないようにだって」

「じゃあ、うちのお母さんが持たせてくれたおやつは、師匠の家で食べようね」

「おやつ？」

「お母さんの手作りマフィンだよ」

手作りマフィンとはまた、千佳のお母さんは本当に千佳が好きなようだ。

まぁそれもそのはずで、二人は今、母子の関係を修復中で、いつかの仲の良い母子に戻っている最中だ。血の繋がらない母子でもそれ以上のものがあるのだと、千佳のお母さんを見て、わたしは思った。

コゲツのもとで千佳が修行するのには難色を示していたものの、能力の使い方を覚えずに他人を傷つけてしまっては大変だと説得し、最後には許可してくれた。

「ミカサ。夏休みはどうするの？」

「夏休みかぁ……特に予定はないかなぁ。コゲツはどうするのか分からないし」

「あたしは師匠に夏休みの修行スケジュールをもらったよ」

「そうなの？　じゃあ、コゲツは千佳の修行に付き合うのかな？」

千佳は口元に手を当てると楽しそうにニイッと笑う。

「実は、天草先生があたしの修行を見てくれるの！」

「そうなんだ」

「うんうん。いやぁー、これは修行が楽しくなりそうだわ」

天草先生は式だから人間ではないようだけど、そこら辺、千佳はわかっているのかどうかは疑問だ。でも楽しそうな気分に水を差すのも可哀想なので、黙っておこう。

教室では千佳はすっかりいつも通りで、彼女の行方(ゆくえ)不明事件は「穴に落ちて身動きが取れなくなっていただけ」ということで幕を下ろしている。

事件中は色々嗅ぎまわっていた同級生達も、今は「ドジだよねー」と笑っているぐらいだ。

わたしは人の表と裏を垣間見た気がして、同級生に隔たりを感じてしまう。

一週間以上も穴にはまっていてこんなにすぐ戻ってこられる訳がないのに、そこも「ドジ」の一言で放っておいてもらえるのは、都合が良いけれど。


その日の放課後、千佳は晴れ晴れとした顔でサッカー部を退部した。

元々、家に居づらくて時間を潰したかっただけらしく、事件前の休部中は買い食いなんかで時間を潰していたけれど、今はお母さんとのギスギスした雰囲気もなくなったので、続ける理由がなくなったとか。

「本当に辞めて良かったの？」

「いいの。今うかつに動いて、他の人をケガさせたら怖いしね」

「そうだねぇ。千佳は手を振っただけで稲妻を出した前科があるしね」

「あははー。それにね、夏休み中ずーっとボール拾いは嫌だもん」

千佳が元気にそう言い放ち、この話題は終わりだ。

わたし達はいつもの通学路を帰る。相変わらず、商店街のアーケードは食べ物の匂いで溢れ、誘惑が多い。

しかし、コゲツに寄り道をしないよう言われているので、今日は大人しく帰らなければいけない。隣で千佳がぐぅ～と盛大にお腹を鳴らして「ドーナッツ一個だけ！」と騒ぐのを引きずるように家へ帰った。

「おかえり、嫁殿」

「ただいま。コゲツ」

「お邪魔します！　師匠！　今日は、よろしくお願いします！」

「千佳は元気が良いですね。まぁ、元気なぐらいが、修行にはちょうどいいでしょう」

わたしは手洗いうがいを済ませ、丸襟のシャツとキュロットスカートに着替えて台所に立つ。

コゲツは千佳に基礎を教えると言って、居間で何やら小難しそうな『術者が守らなくてはならないこと』というものを教え聞かせている。

ちなみに、この「守るべきもの」というのは、わたしは昔から親に教わっていた。

水島家でも教えられ、自然と守っていたことの一つだ。

とにかく手洗いうがいが一番大事。穢(けが)れを持ち込まないためには、それが一番だ。

漢字の名前を使わないことに関しても、相手が自分より下位の妖(あやかし)でも、こちらの名前と顔が一致すると痛い目に遭うので、名は隠すこと。

上位の、神にも等しいモノを相手にする場合、名を知られ取られてしまうと、何が起こるか分からない。記憶の一部や能力ならまだいいが、命を取られることもあるのだ。

あとは簡単に、利き足から先に動くことを基本とした動きを教えられている。

利き足は「危機足」「聞き足」などと言われていて、大事な一歩は利き足からだ。危機を回避するための鋭い一歩。聞いて情報を得るための一歩。

術者はこれに、五芒星(ごぼうせい)の動きを加えていくのだそうだ。

一応わたしも教わっていたけれど、それが五芒星(ごぼうせい)の動きだと知ったのはつい先日のことだ。

「千佳、足が違う」

「師匠〜っ、足がこんがらがっちゃうよ！」

居間では千佳の情けない声が上がっている。

わたしも、紙に描いてある図を見た時には、足が変な風にしか動かなかった。コゲツがするのを実際に見たら「ああ、知っている動きだ」と、把握できたのだ。

「千佳、こういう風に足を運んでみるといいよ」

わたしが足運びを目の前で披露すると、千佳も立ち上がって横で「こう？」と足を動かす。コゲツにその役を引き渡し、わたしは台所へ戻った。

「さて、久々にお菓子作りでもしましょうか」

千佳の修行の間、わたしは暇を持て余してしまいそうなので時間を潰そうという訳だ。

千佳のお母さんほどではないけれど、わたしのお母さんもお菓子を作っていたし、わたしもそれを手伝っていたから一人でもやれるはず。

「えーと、小麦粉と、卵と砂糖と……あれ？　量りはどこだろう？」

台所はコゲツの領域なので、何がどこに置いてあるかは分からないことが多い。

ここかなー？　と、ガタガタ棚を開けて回り、必要な物を見つけきれずに大雑把な目分量でやったところ……

お菓子作りは、科学の実験だ……。ちゃんと量らないと失敗する。

焦げた表面、中は生焼け、ぺしゃんこでべちょべちょのケーキの完成である。

「失敗したー！」

両手を挙げて降参ポーズをしていると、コゲツが顔を覗かせた。わたしと失敗ケーキを見て察したらしい。

フライパンに油を入れて、ケーキの生焼け部分をスプーンですくって油に放り込み、ちゃっちゃと揚げていく。

「ほら、嫁殿。失敗は成功のもとですよ」

揚げたての失敗ケーキに砂糖をまぶして、「あーん」と口に放り込まれた。

チュロスとドーナッツの間、という感じの食感と味だ。

「美味しい……」

「これは……千佳には術の修行、嫁殿にはお菓子作りの修行が、必要かもしれないですね」

「コゲツが教えてくれるの？」

「私以外の、誰が教えるというのです？」

「コゲツはなんでもできるね！」
コゲツが小さく肩をすくめて笑う。夏休みは千佳もわたしも修行になりそうだ。
夏休みが待ち遠しくなったわたしと、体が動かしたくてうずうずしている千佳は
「夏休みー！」と叫んだ。

＊＊＊

目の前には綺麗な海が広がっている。自転車でカーブを曲がり、太陽の反射で光る波に目を細めた。

「うわぁ……綺麗」

ザーン……という潮騒の音にキラキラと光る海。最高のバケーションと言えるだろう。

後ろから響く声がなければ、の話ではあるけれど。

「いぎゃあああぁぁ！　ミカサ退いて！　退いてぇぇぇ！」

乙女の悲鳴と言うには些か可愛らしくない叫び声と形相をした千佳が、全力疾走で

カーブを曲がる。

その後ろから、人型をした白い紙が凄い勢いで千佳を追ってきていた。人型の紙には赤い五芒星が描かれていて、簡易の式神なのだという。

「千佳、がんばってー!」

「うわぁぁぁ! ミカサの裏切り者ぉぉ!!」

「あははー。わたしは関係ないもの」

わたしの横を柔道着のような格好の千佳が走り抜け、すぐ後ろを式神が追いかける。

わたしもその後ろに自転車でついていた。

わたしの自転車にはスポーツドリンクの入ったアイスボックスと、ロングタオル、ハチミツのレモン漬けの入った瓶が入っている。

『嫁殿。そろそろもう一体追加する。少し離れておくように』

「はーい。千佳、もう一体追加だってー!」

「なんですとぉぉ!」

白い紙の式神がコゲツの声で告げた言葉に「ヒィッ!」と悲鳴を上げた千佳は、またスピードを上げて走り出す。

どこにあんなパワフルな力が残っていたのやら？

空からヒラヒラと白い紙が飛んできて人型をとると、千佳の背に張り付くように走り出した。しかも、コツコツと千佳の頭を小突き回すという、オマケ付きで。

「うわぁぁん！　師匠の意地悪ーっ！」

『まだ元気があるようだな』

「ひぃぃぃっ！」

千佳の修行はまだまだ続きそうだ。

「今日も暑くなりそうね」

わたしはひと続きのような海と空を見渡して、自転車をまた漕ぎ始めた。

ことの発端は、言わずと知れた千佳の修行だ。

夏休みが始まる少し前だっただろうか？　わたしはお菓子のレシピ本を手にゴロンと床に寝転んでいた。

「嫁殿。夏休みの宿題はどのぐらい出ますか？」

「読書感想文だけみたいだよ？　わたしも千佳もテストの成績は良かったから、補習もないしね」

夏休み前最後のテストでは、三十点以下をとると、夏休みの補習が科されることになっていた。

千佳とわたしは二人で泣きながら猛勉強した。それはもう、鬼気迫るものがあった。テスト前はコゲツが修行をなしにしてくれたのもあって、放課後は毎日、互いの家でひたすら勉強したのだ。

おかげで補習はなし！

夏休みに毎朝学校に行って、午前中を補習で潰すなんて惨めすぎるじゃない？

「なら、宿題にあてる時間はそうたくさんは必要なさそうですか？」

「うん。そうなるかな？　たっぷり遊ぶんだー。プールでしょ、夏祭りでしょ、それと――」

「嫁殿」

「うん？　なーに？」

「プールや夏祭りは、誰と行くつもりです？」

「それは決まってるでしょ？　千佳とだよ」

少しの沈黙の後、今度は「まだ具体的な計画は立てていないでしょうか？」と聞かれ、修行スケジュールに合わせて決める予定で、現時点ではまだ未定だと話した。

そしてあっという間に、この広い海と山のある別荘地で修行することが決まったのだ。

千佳のお母さんにもしっかり了承を得ている。それどころかお母さんも誘ったのだけれど、夫婦で旅行に行くのが毎年恒例らしく、千佳をよろしくお願いしますと言われた。

夏休みを丸々この海辺の別荘地で過ごす、修行の日々が始まった。

「もう疲れたぁぁぁ！」

自転車でのんびり追いつくと、両手をブンブン振って叫ぶ千佳は、胴体を式神にグルグル巻きにされていた。

どうやら、捕まってしまったらしい。この様子では、コゲツにまた「やれやれ」と言われそうだ。

「大丈夫ー？」

「大丈夫じゃなーい！　体力づくりは十分だからー！」

「あはは！。はい。千佳、スポーツドリンクにタオル」

「サンキュー……はぁー、疲れた」

アイスボックスからボトルを取り出し、タオルと一緒に渡す。

勢いよくスポーツドリンクを飲んだ千佳は、タオルで汗を拭きながら柔道着の上を脱いでTシャツ姿になった。わたしの自転車のカゴに柔道着を投げ入れる。

「暑い！　蒸れる！　うら若い女子高生が、汗臭くなるー!!」

「まぁまぁ。千佳さんや、これが終われば海にも行けるんだし……。あっ、川のほうがいいかな？」

「師匠が許してくれたらね……きっと、行きたければ術を一個覚えてから、とか意地の悪いことを言うんだよ」

ブスッと頬を膨らませる千佳に、コゲツならやりそうだなぁと、わたしの眉尻も下がってしまう。

「それにしても、千佳の腕が治って良かったね」

「うん。それだけは、術師になって良かったよー！」

実は、回復術式というものがあって、初めにコゲツが千佳に特訓させて覚えさせたものが、それだったりする。自分自身の体を強化して回復力を高めるものらしい。

わたしや三灯天神に続けざまに蹴られたコゲツが思いの外ダメージが少なかったのは、この術のおかげだ。

ただ、この回復術式は月の位置なども関係していて、月の形が欠ければ欠けるほど、効力が弱くなる。

千佳は幸運にも満月の前に術を覚えたので、満月の夜に術を使い、骨折した腕を治せたという訳なのだ。

まぁ、術を完璧にマスターした訳ではないので、千佳は毎日朝一番にその術を復唱させせられている。そうして身体強化してからの、この走り込み。

「さて、休んだことだし、師匠にまた式神を飛ばされる前に走ろうか」

「うん。頑張ろー！」

えいやっと体から外した式神を地面に置いて、千佳がさっさと走り出す。

しばらくすると、ふよふよと式神達が動き出し、また追いかけっこが始まる。

術者も体力がいるなんて、なかなかに大変そうだ。

焦げ茶色のウッドデッキ付きの別荘は、外からは一階だけに見えるけれど、実は二階建ての造りだ。三角屋根の屋根裏部屋が二階の寝室になっていて、夜は仰向けで寝転がると、強化ガラスでできた明かり取りの窓から星空を見ることができる。庭の横には小さな小川が流れており、バーベキュー等なんかもできるようになっていた。

一家所有の別荘で、今はコゲツ名義らしい。

「よっしゃあああ！　遊ぶ、ぞぉー！」

白いビキニにショートパンツ姿の千佳が騒ぐ。先ほどまでコゲツの式神に追い回されていたとは思えない元気さである。

「千佳は元気がいいねぇ」

「ミカサは泳がないの？　せっかくの川だよ？」

「わたしは海と川は、少し怖いから……」

「怖い？」

千佳の好奇心旺盛な目に見つめられてうーんと唸っていると、天草先生から助け船が出た。

「海や川には、妖（あやかし）や亡霊が出やすいですからね。ミカサ様は君子危うきに近寄らず、というところなのでしょう」

コクコクと、わたしは首を縦に振る。

子供の頃から海や川は危ないと言われていたし、海のない土地に住んでいたから、わたしは安全なプールしか知らないのだ。プールで事故か何かがあっても調べれば分かるので、チェックしてから遊びに行くようにしている。

危険は常に回避して過ごしていきたいものだ。

「え？　それじゃあ、ここの小川も何かいるの!?」

「ここは一家（ほし）が所有する場所ですので安全ですよ。ですから、ミカサ様も安心してくださいね」

「そうですか。なら、後で少し遊びに行こうかな？」

「ミカサ、行こう！　行こう！」

わたしの腕に抱きついて千佳は子犬のように懐いてくる。千佳のこうしたところが、人とのコミュニケーションで上手くいく秘訣なのだろう。

しかし、わたしは千佳のおでこを指で押し戻す。

「ダーメ。まずは、バーベキューの準備をしてからね。遊ぶのは後で」

「えぇーっ！」

「千佳も手伝いなさい」

「もうクタクタに疲れて、遊ぶ以外で動きたくないよー」

どんな理屈なのやら……。膨れる千佳に大きなスイカを手渡して「川にこれを置いてくること。流されないように石で囲ってね」とお願いすると、途端に元気を取り戻して川へ走っていった。

「嫁殿は、千佳のあしらいが上手いですね」

建物から大きな白い発泡スチロールの箱を持ったコゲツが出てきて、天草先生がそれを受け取りに歩いていく。

相変わらずの主従関係のようではあるけれど、天草先生の正体はなんなのだろう？と、不思議に思うこともある。人ではないらしいけれど、元が何かは聞いたことがない。

「コゲツ。バーベキューの材料は一箱だけ？」

「ああ。あとは飲み物が補充されていましたね」

わたし達が滞在する間、食材や生活に必要なものは海辺のお屋敷から届けられている。海辺のお屋敷にはこの別荘を管理している人が住んでいて、元術者で今は引退して後継者を育てているらしい。

一応、コゲツの祓い屋家業の下につく家の人なのだそうだ。

水島家も下につく家系ではある。わたしの家は分家なので、そうしたたぐいの職業には縁がないはずだったのだけどね。

人生は何がどうなるかは分からない。

下についているはずなのにコゲツと異なるわたしの能力は、おそらく隔世遺伝のようなものなのだろう。

「あとで飲み物を持ってくるね。コゲツと天草先生は、お酒とかのほうがいい？」

「私はお茶でいい。天草は酒癖が悪いから、控えさせよう」

「えっ⁉」

コゲツの駄目出しに、珍しく天草先生が驚いた声を上げる。

天草先生とコゲツが「一本だけ！」「駄目だ」の押し問答を繰り返し、わたしが笑っていたところに千佳が戻ってきた。

「見て！　猫！　こんなところにでっぷりした猫がいたよー！」

そう言って千佳が両手で持ち上げて見せたのは、太ましいボディをした長く黒い毛がモサモサした猫だった。まるで靴下を穿いているように両手脚は白い。すぐ耳元で千佳の声が響いているはずだけれど、金色の目は眠そうだ。

「珍しいな。火車じゃないか」

「カシャ？　名前ですか？」

「火の車と書いて、火車だ。生前、悪事を働いた者の死体を運ぶ妖だ」

「火の車……って、火車って車輪みたいなのじゃないの？」

「それは後から語られるようになった姿で、元々は猫の妖です」

わたしの火車のイメージは、真ん中に厳めしいオジサンの顔がついた黒い車輪。そして車輪は燃えている……というものだったのだけれど、想像とはかなり違ったようだ。

とても太った猫……これが火車とは、不思議な感じ。普通の猫にしか見えない。

わたしが手を伸ばそうとすると、コゲツに止められた。

「嫁殿は駄目です。不安定ではありますが、縁を断ち切る能力を持っているのですから。火車の仕事が、根こそぎ駄目になってしまう」

「えーっ！　猫ちゃん触りたいのに！」

「千佳。その猫を放してやりなさい」

「はぁーい。猫ちゃんバイバーイ」

千佳が手を離すと、火車は「ぶーにゃ」と鳴いてどこかへ消えていった。

触れないのは残念だけど、今は食事の支度が大事だ。

鉄串に肉と野菜、海老(えび)にイカをプスプス刺していき、できたものから次々とコゲツがバーベキューの網の上で焼いていく。隣の鉄板では同時に焼きそばを焼き、フランクフルトも準備中だ。

「うわぁー、いい匂い！　師匠、お腹空いたよー！」

「千佳。今焼き始めたところだから、まだもう少しかかるよ？」

「千佳、貴女(あなた)はお皿の準備でもしていなさい」

千佳は上機嫌で網やプレートを覗き込み、ウロウロとウロついては、コゲツに引き剥がされている。ついにコゲツの腕に抱きついたところで、わたしも流石(さすが)に千佳を引き剥がしにかかった。

「ちぃーかぁー！　もう！　人様の旦那様にベタベタ触らない！」

「おやおや〜、ミカサったら妬きもちかな？　妬きもちかな？」

「千佳ッ！　もう！　本当に怒るよー！」

「ミカサが怒ったー！」

「賑やかですね」

わたしと千佳が騒いでいると、天草先生が飲み物と簡易パイプ椅子を持って別荘から出てきた。

「あっ！　天草先生〜！　ミカサが怒るんですよ〜」

「怒られるようなことをする、千佳が悪いんでしょ！」

「嫁殿、千佳。そろそろ焼きそばができる。大人しく食べる準備をしておきなさい」

「「はぁーい」」

お皿に焼きそばを移し、鉄板をコゲツが綺麗に拭き取る。今度はそこで溶き卵を薄く焼き、焼きそばの上に載せた。更にソースとマヨネーズ、青のりをかけてくれる。

お料理男子はここでも健在のようだ。

「紅ショウガがいっぱい欲しいです！　師匠！」

「それならテーブルに出してあるだろう？」

「師匠～、嫁と弟子への態度の違い～っ！」

「なら、僕が入れてあげましょう」

「天草先生！　超いい男ーっ！」

「千佳……なんだか、千佳って、甘えるようになったよね」

前からクラスのムードメーカーのような明るさはあったけれど、誰にも深入りする様子はなく、当たり障りのない子でもあった。ただ明るい、クラスの潤滑油のような子。それが、わたしが千佳に抱いていた印象だ。

そう思っていたのに、今ではこんなにべったり甘えているのだから、これも千佳のお母さんとの関係が変わった影響なのだろうか？

「一度死んで蘇る(よみがえる)と、ミカサにも分かるよー」

「いや、死にたくないし」

天草先生に紅ショウガを山盛りにされた千佳は、天草先生のお皿にも同じように山盛りにしようとして、拒絶されている。

「串もあと少しだから、肉とトウモロコシも焼いておこうか」

「コゲツも作るだけじゃなく、食べなきゃ」

「分かっていますよ。嫁殿は先に食べていていいから」

今度は鉄板で少し厚めの牛肉を焼き始め、網の上のトウモロコシを転がす。

ふと顔を上げると、小川を挟んだ向こうに広がる木立の更に奥の道を、黒い着物の集団が歩いているのが見えた。何人かが幟のような旗付きの細長い棒を持ち、笊を持った人は白い花を撒いている。

「なんだろう？　なんか旗を掲げてるけど」

「あれは、葬式の列ですね」

コゲツに言われて目を凝らすと、たしかに数人で棺らしきものを抱えていた。

「じゃあ、あの笊の花は……」

「葬花ですね。あの花は匂いが強いので、火車が近寄らないと言われています」

火車が連れていくのは悪いことをした人。葬列で火車が苦手な花を撒くということは、故人は生前、悪いことをしたということだろうか？

「あっ、見て！　火車がいる！」

千佳が指さすほうを見ると、木々の間を黒い猫がふんわりと遊ぶように飛んでいる。

「にゃあおー」とのんびりとした声で鳴いた。

離れているのに鳴き声が響いて聞こえてくる。わたし達より近くにいる参列者達にも当然聞こえたようで、彼らは動揺したように列を崩した。

火車は木々を抜け、参列者の前に姿を現す。手の空いている参列者達が棺を守るように前へ出たけれど、火車が口からボゥッと火を噴くと、彼らの悲鳴がこちらまで届いた。

「コゲツ……助けに行ったほうが……」

「それはできない。火車は、悪人の魂が再び世に戻ってこないようにしているんだ」

「でも、人が怪我をするんじゃ……」

「火車の仕事を術者が邪魔することは、禁じられている」

再び悲鳴が上がって火車に目を戻すと、棺の周りを炎が囲い、白い花は燃えていた。

「にゃあお」とのんびり鳴いた火車が棺の上で爪研ぎを始め、少しして蓋が外れた。そして、中から死に装束姿の亡骸を咥えると、まるで吸い込まれるように空を駆け上がっていってしまった。

火車が蹴りつけた反動か、棺が倒れる。すると中から――死に装束姿の亡骸が地面へ転がり出た。

「火車は……何を持っていったの？」

「嫁殿の目に見えた亡骸は、魂です」

「ううっ……今日、眠れないかも……」

「火車が咥えるものは、人の目にも見えてしまいますからね。後で川にでも行って遊べば、体が疲れてよく眠れますよ。もし眠れないようなら、このうるさい弟子が、一晩中騒いでいるでしょう」

コゲツなりの気遣いなのか、千佳の頭をペシペシ叩いて、心配ないとわたしを笑かそうとしてくる。

それに少しだけ笑みを返してから再び葬列に目をやると、棺に縋って泣く女性がいた。泣いてくれる人がいるなら、完全に悪人という訳ではなかったのかも？　と、少しだけ気になるところだ。

本日も朝から千佳の修行がある。朝日が昇るのと共に、千佳は小川の真ん中の岩の上で座禅を組んで、ひたすら白い紙を切る練習をしていた。

紙を切ると言っても手で千切るのではなく、千佳の中にある三灯天神の能力で切らなくてはいけない。うまくやれば綺麗にスパッと切れる……らしいのだけれど、千佳がやると大穴を開けたり燃やしたりで、なかなかコントロールが難しいのだそうだ。

繊細な作業は精神統一から！　というコゲツの言葉に、千佳は泣く泣く座禅を組んで、心を静めようとしている。白い紙を前に唸り声をあげては、「雑念が入り過ぎだ」と、喝が飛ぶ。

喝……と、言うより、千佳の周りをウロウロ飛んでいるコゲツの式神が、コゲツの代弁をするようにスパンと千佳の頭を叩くだけなのだけどね。

うーん。大変そうだ。

「どうしましょう？　声をかけたほうがいいかな？　コゲツも流石に、声をかけられて集中が切れたからって、怒ったりはしないですよねぇ？」

「コゲツ様は、変なところで律儀ですからねぇ……やはり、叩かれると思いますよ？」

天草先生とわたしは邪魔にならないように別荘の角から顔を出して、千佳に声をかけるかどうか、考えている。朝食の用意ができたことを告げたいだけなのだけど、どうもコゲツが厳しく喝を入れる気がする。

当のコゲツは、この別荘の管理人の屋敷に呼び出されて、今は留守にしている。

「まぁ、お腹も空いちゃうし、行きますか」

「そうですねぇ」

「千佳ー！　朝ご飯の準備ができたよー！」

わたしが呼びかけると、すぐさま千佳が短い悲鳴を上げた。

案の定、スパンと式神に頭を叩かれている。千佳は「ご飯です！　師匠、ご飯ですー！」と騒いで、紙でできた式神の腕を真剣白刃取りのように必死で押さえては、今度は足でペシペシとローキックされていた。

コゲツ……容赦ない。

「コゲツ。聞こえているかな？　朝食ができたけど、コゲツはどうする？」

『朝食は帰ってから食べるつもりです』

「了解。クロワッサンサンドだから、ラップに包んでおくね」

『ありがとう。嫁殿』

「そういう訳だから、千佳の式神を止めてもらえるかな？」

『ああ。ヤレヤレ、私の弟子は不甲斐ないですね』

コゲツ……流石（さすが）に朝ご飯ぐらいは食べさせてあげようね。規則正しく生きるのも修行の一つだと思うよ……

最後にポカンと千佳の頭を小突くと、コゲツの式神はふわふわと空に浮かんで飛んでいった。コゲツのところに帰っていったのだろう。

千佳は「あれはドメスティックバイオレンスだよ！」と言いながらこちらへやってくる。ドメスティックバイオレンスって家庭内暴力のことだけど、師匠と弟子にも該当するのだろうか？　うーん謎だ。

コゲツは、わたし達が朝食を終える頃に別荘へ戻ってきた。

「おかえりなさい。コゲツ、管理の人はなんの用だったの？」

「ただいま。管理の人間がどうのというより、昨日の葬式があった屋敷から依頼が来たようでね、その相談でした」

「依頼の相談？」

コゲツの前に冷やしたハーブレモン水とクロワッサンサンドを並べ、その向かいにわたしも同じコップを持って座る。

「昨日も説明した通り、火車の仕事に我々術師は手を出すことはできない。それなのに、裏の屋敷の連中が、火車を祓うように依頼をしてきたそうです」

「火車を祓ったりできるものなの？」

「できなくはない……ですが、悪人の魂がまた現世に戻る手伝いをする訳にもいかないのが実情ですね」

ハーブレモン水を一気に飲み干し、コゲツは深い溜め息を吐いた。クロワッサンサンドに手を伸ばす。

レタスとローストビーフに玉ねぎとオリーブ、そしてゆで卵入りの少し大人味だ。他にもレタスとスモークサーモンにチーズを入れたものと、レタスとシーチキンにゆでた海老の入ったものもある。

千住には不評だったけれど、なかなか小洒落ているし、わたしは好きな味だ。

「でも、昨日魂を取っていったから、火車がまた来ることはないんじゃないの？」

コゲツのコップにおかわりを注ぎ、わたしも自分のコップに口をつけた。ミントと薄切りレモンで口の中は爽やか。ほどよい清涼感が口に広がって、夏にはもってこいだ。

「医者に余命宣告された人物が、いるのだそうです。まったく、火車に攫われたくないのなら、悪事に手を染めるなと言いたいですね、私は」

「そうだよねぇ。死者の魂って、わたしはすぐになくなるものだと思っていたよ」

「人は死んでから四十九日は彷徨うからね。未練がなければすぐに消えてしまうものだけど、悪人や思いが強い者は現世にしがみ付くものなのです。だから、火車は悪人の魂を取り締まります。でなければ、この世は悪人の魂で満ちてしまう」

そういえば、四十九日って、耳にすることは多くても、意味なんて知らなかった。お祝い事とかしちゃいけないんだなぁ、ぐらいの認識でいたから、少し恥ずかしい。

水島家でも教わっていないから、もっともっと基礎の知識なのだろうなぁ……そうした知識なんて欠片ぐらいしかないけど、恥をかく前にこうやって知れたのは、良いことだと思おう。

お昼を過ぎ、暑さの増した十四時頃。一人の老人がやってきた。

痩せて腰の曲がった、白いひげを蓄えた老人で、よくここまで歩いてこられたものだと思ってしまうほど、疲れ切った顔をしていた。

「嫁殿と千佳は、奥へ行っていなさい」

コゲツと天草先生がリビングで対応するらしい。読書感想文用に図書館で借りてきた本を手に、リビングのソファでゴロゴロと横になっていたわたし達は、大人しく立ち上がった。栞(しおり)を本に挟んで作文用紙を持ち、奥の部屋へ引っ込む。

「ミカサ、気にならない？」

ニンマリと笑った千佳に「コゲツにまた叩かれるよ？」と言いつつも、わたしも気にはなる訳で……。揃ってグラスの麦茶を飲み干すと、水気を拭ったそれを聴診器のように壁に当てる。

グラスを通して、ぼそぼそと話し声が聞こえた。

『こちらは休暇中だとお断りしたはずですが？』

『それを踏まえて、倍のお支払いをするという話です』

不機嫌そうなコゲツの声と、老人の困ったような声。途中で何かテーブルに置く音と『どうぞ』という天草先生の声から、飲み物のグラスでも置いたのだろう。

また何か話し始めたと思った途端に、隣の部屋ではないところからコッコッと鳴る足音に気付いた。慌てて壁から離れたけれど、時すでに遅し。

麦茶のボトルを持った天草先生は、わたし達の手にあるグラスを見てニコリと笑う。

「麦茶のおかわりが、必要そうですね？」

「あ、あはは〜……はい」

「喉、渇いちゃうよね〜……ハハ、ハ」

　グラスを差し出して麦茶を注いでもらう。

「仕方がない子達ですね」と少々呆れられたが、老人について少しだけ教えてくれた。

「彼は、この別荘の管理をしている一家の縁者……と言ってもほぼ無関係な家の者ですが、汽水家の汽水宗一と言います」

「ふーん。話から察するに、朝の呼び出しの続きなの？」

「コゲツ、どうするのかな？　断っているみたいだけど」

「コゲツ様は断るつもりですが、依頼をしている影蔵の一族のことも気になっているようですね」

「あの葬列の人達？」

「ええ。そうです。影蔵一族が火車に狙われ続ける状況がどうにも不気味と言いますか、何かありそうですからね」

　確かに、昨日連れていかれた人が本当に悪人だったのか、次亡くなるという人も悪人なのか……。火車に狙われる、と彼らが思う理由は、わたしも気になるところ。

焦れたように、千佳がリビングに続くドアをそっと開く。そこから中を盗み見しようとした瞬間、式神にスパンと頭を叩かれ、千佳は床を転げ回った。

「いったぁぁーっ！」

ドアの隙間からコゲツをチラッと窺うと、眉間にしわでも寄せていそうな雰囲気だ。

こうした時に表情がちゃんと見えないと、どのくらい怒っているか分からないから困るのよね。

「……さて、僕は怒られたくないので、失礼しますよ」

「あ、天草先生の裏切り者！」

「酷い！　先生も共犯だからね！」

わたしと千佳の声にはお構いなしで、天草先生は笑顔で麦茶のボトルを持って出ていった。

「千佳、どうする？」

「そりゃあ……逃げる！」

「だよね！」

コゲツに怒られてはたまらないと、リビングで会話が続いている間に部屋の窓から庭へ出る。庭にあったサンダルを履いて、別荘からの脱出を図った。

どうせ話し合いは平行線で時間がかかるのだろうし、読書感想文はあらすじぐらいしか書けずに悶々(もんもん)としていた。息抜きにはちょうどいい！

「川に行く？　それとも海にする？」

「海なら自転車かな？」

「自転車は……師匠がすでに式神に見張らせてそうだから、川！」

「ラジャー！」

すでにここまで大声ではしゃいでいるのでバレてはいるだろうけれど、このぐらいはコゲツも許してくれるだろう。

せっかくの夏休みなのだから、遊びに行かないという選択肢はない。

それに、今日は初めから泳ぎに行くつもりで、シャツと短パンの下には水着をスタンバイしていたのだ。

別荘の裏手にある川の近くで服を脱いで、飛ばされないようにその上に石を置いておく。

「よし！　泳ぐぞー！」

「あっ、千佳！」

呼んだ時には千佳はもう川に飛び込んでいて、満足そうな顔で手を振ってくる。

素早い……千佳の脱ぎ散らかした服をたたみ、石を載せてから、わたしも川に足を浸けた。

「うわっ！　冷たっ！　千佳、よく平気だね？」

「そりゃ、身体強化してるからね！」

「そういう使い方なの？」

「ふっふっふっ」

まぁ、千佳が楽しそうで何よりだよ。

あまりの冷たさに胸の前で両手を握り締めながらそろりそろりと川に入り、ふと気が付いた。

「タオル忘れた……」

千佳はそんなこと、全く気にしていなさそうだ。

水温に慣れた頃、突然千佳が「コラー！」と声をあげた。

千佳の声に振り向くと、太ましい黒い猫がわたし達の服の上で丸くなっていた。

「火車？」

「もぉー！　毛が付くでしょー！」

千佳がザブザブと水しぶきをあげて川からあがるけれど、火車は気にした様子もなく欠伸をして微睡んでいる。

「ふっふーん。千佳さんの服を汚した罪は重いわよー！　泣かしてやるんだからね」

「千佳。猫相手にムキにならないの」

千佳が両手をワキワキと動かし、火車を持ち上げようとする……が、引っ掻かれて悲鳴をあげたのは千佳のほうだった。

「痛ぁーい！　酷いんですけど⁉　この太にゃんこ酷いんですけど⁉」

「もう、だから言ったじゃない……」

仕方がない子だ。猫、と言っていいのか分からないけど、あんな風に構えていけば警戒されて引っ掻かれるのは分かり切ったことだろうに……

わたしが川からあがるのと同時に、火車がのっそりと起き上がり、千佳の服を咥えて歩き出す。

「あっ！　待てー！」

千佳が駆け出すと火車も走り出す。わたしも二人を追おうと足を踏み出してすぐに、河原の石の上を素足で走るのは無茶だと、サンダルを取りに戻った。

わたしがサンダルを履いている間に、二人は山林の中へ入っていってしまったらしい。ただでさえ元気な上に身体強化をしている千佳と、何もしていないわたしでは、追いつけそうもない。

「あっ、千佳！」

「もう。千佳ったら、自分がビキニのままなのを忘れていそうね。人に見られたらどうするのよ」

そう言うわたしも、ただのワンピースではないのだ。一見、黒いミニスカートのワンピースにしか見えないけれど、背中は大きく開いて大胆に肌を見せている。裾の広がったフレアタイプで体型を誤魔化せるデザインだ。……まぁ、胸は成長中だから多少盛って見せても、罰は当たらないだろう。

千佳はビキニばかりをチョイスして大胆過ぎるところがあるけど、『恋せよ乙女！』がコンセプトで、天草先生に見せるための水着なのだとか。

頑張るなぁ……と思うけれど、わたしもなんだかんだでコゲツに「可愛い」と言ってもらえるかな？　と期待を込めた水着だったりする。

　わたしも恋せよ乙女というところだ。

「まったく……ん？」

　山林の中を赤い閃光が走り、食器をフォークで引っ掻いたような嫌な音が辺り一帯に響き渡った。耳を塞いでぞわっと身を震わせる。

　嫌な音を聞いてしまった。耳に残る不快な音はともかく、あの赤い閃光は千佳の三灯天神の光だ。

　コゲツに見つかったら怒られそう……。そうなったらわたしも一緒に怒られそうな予感がするのはなぜだろう。

「千佳ー！　どこー⁉」

　山林の中を歩きながら呼びかけると、「こっちー！　ミカサー！」と千佳の声が返ってきた。声のするほうへ行くと、大きな屋敷の前で尻もちをついた千佳と、千佳の服を咥えた火車がいる。

　和風の大きな屋敷は、壁や塀といった囲いが全くなく、どこか変な感じだ。

「ミカサ～っ、この屋敷絶対おかしい！」

「あ、うん。わたしもそんな気はする。なんだろう？　変な違和感があるよね」

「違ぁーう！　そういうんじゃなくてさ、さっきこの屋敷に弾き飛ばされたんだけど⁉」

「弾き飛ばされた？」

意味が分からず首を傾げると、千佳が起き上がってそろそろと前に手を伸ばす。まるで怖がっているような、おっかなびっくりという表現が似合いそうだ。

すると、バチンと大きな音が鳴るのと同時に、千佳が「ギャッ！」と声をあげた。

「大丈夫⁉」

「ね？　めっちゃ痛いんだけどさ、ここ変でしょ？」

ふーっと、自分の手に息を吹きかけながら千佳が涙目で訴える。

この屋敷の違和感……それは、わたし達がいる道から建物までの間にある、庭のような空間のせいだろうか。道と隔てる塀(へい)もなく、木も一本も植わっていない。白い玉砂利が敷いてあるだけなのに、そこが『庭』なのだとなぜかはっきり分かる。

しかも、玉砂利の敷き始めとでも言えば良いのか、その『庭』の始まりと思しき場所は、まさに千佳が手を弾かれた辺りだ。

まるで見えない境界線があるような……？

「あっ！」

目の端で何かパステルグリーンのものが飛び、それは玉砂利の上に落ちた。

「あたしのシャツぅぅ！」

「ぶーにゃ」

「ぶーにゃじゃないよぉぉ！　なんてことしてくれるの？　お前、あたしに恨みでもあるの？」

「にゃぉー」

千佳のシャツを火車が投げ込んでしまったようだ。火車は目を細めてまるで笑っているような顔をしているし、一方の千佳は頭を抱えて「うわぁぁ」と騒いでいる。

手を弾かれてしまう千佳には届きそうもない場所だ。

試しに、わたしもそっと手を伸ばしてみる。

「ミカサ？　ミカサッ！　駄目だよ！」

千佳がわたしの肩を掴んだ時には、わたしの手はすでに境界線を越えていた。

けれど、何もない。

そのままぶんぶんと腕を振ってみて、ふぅと息を吐く。

「大丈夫みたい」

「大丈夫って……あたしは身体強化してるけど、ミカサはしてないんだし、何かあったらどうすんの！」

「いや、うん。千佳は三灯天神とかの影響かなー？　って、思ってね」

「もぉー！　師匠に怒られるのはあたしなんだからね！　ミカサもちゃんと気を付けて！」

「はいはい。大丈夫だからね？　千佳のシャツを取ってくるから、待っていて」

屋敷の人に見つかって怒られる前に、拾って逃げてしまおう。

そう思って、わたしは玉砂利を鳴らしながら早足で進む。

落ちているシャツを拾い上げ、わたしは千佳を振り向いて手を振った。

「戻るねー」

「ミカサッ！　後ろ、後ろーッ！」

千佳が必死の形相でこちらを指さしている。

ただならぬ様子に、わたしは顔だけを後ろに向けたけれど……そこには何もなかった。

はて？　普通に屋敷があるだけだけど……？

「もう、千佳。脅かそうったって、そうはいかないんだからね？」

わたしは腰に手を当て、少し困った千佳の悪ふざけに口を尖らせる。けれど、千佳は変わらない様子で左右に首を振った。

「ミカサ！　下！　下にいるからぁ！」

「下……？」

再び振り返りながら視線を落とす。

そこには、わたしの腰ぐらいの身長の子供がいた。小さなおかっぱ頭の赤い着物を着た女の子だ。

どこから現れたのか？　玉砂利を踏む音はしなかった気がする。

少女はわたしの水着のスカートを引っ張り、狐のように目を細めてニィッと笑った。

そして、背中を手でパチンと叩かれる。

「次は、お前が『鬼』ね」

「鬼？」

「アハハ。鬼は百数えてから追いかけるのよ」

「え？　え？　鬼ごっこ？」

状況を把握できないわたしを置いて、少女は笑いながら消えた。

「え？」

もしかして、もしかするだろうか？

真夏の怪奇……。嘘でしょう？　わたし、ホラーは駄目なんだけど？

「ミカサ！　大丈夫⁉　早く出て！」

「あ、うん……。今の、お化けかな？」

元来た道を戻り、玉砂利の境界線を跨いで外に出る。

足にすり寄ってきた火車は、「ぶーにゃ」と鳴くとその姿勢のまま、ふわりと消えてしまった。

ああ、こっちも普通に怪奇現象だわ。

「なんだったの？」

「分かんない。でも、早く帰ろうよ。師匠に怒られる感じがすごぉーくする！」

「あー、わたしもそれはする」

首の後ろがチリチリするような悪寒がする。「よーめーどーのー」という、コゲツの地を這うような声が聞こえてきそうだ。

このことはコゲツには黙っていたほうが安全かも？

「ミカサ、帰ろう」

「うん。そろそろお客さんも帰ったかもしれないしね」

行きは勢いでここまで来たけれど、川まではそれなりに離れていたようで、途中で道に迷っただろうか？　と、心配になってしまった。

無事に河原に置いた服を拾って別荘に帰り着いた時には、別荘の庭で仁王立ちの式神が待っていた。お客さんは帰ったみたいだ。

式神は腰に手を当てていて、これはもう、百パーセント雷が落とされることが確定したようなものだろう。

「どうしようか？」

「あたしは逃げたい……凄（すご）く。今すぐ」

「それはわたしも同じだけど……お腹空いてきちゃったし、着替えたい」

タオルを忘れたので濡れたまま服を着る訳にもいかなくて、今は上着を羽織っているだけだ。水を含んだ水着がまとわりついた体が、だんだんと冷えてきている。

真夏だからすぐに乾くかと思ったのに、空はどんよりと曇り始めて、乾きそうにならなかった。

千佳に背中を押される。この子、わたしを盾にする気だ！　場所を入れ替わろうと暴れていると、式神がわたし達に気付いて走ってきた。

「ぎょわーっ！」

「ちょっ！　千佳、裏切り者ぉー！」

わたしを置いて千佳が逃げ出すと、目の前でピタッと止まった式神はわたしの額にチョップを落とし、千佳を追いかけて行ってしまった。遠くで「ぎゃー！」と千佳の声がするので、初めから千佳を追いかけるように命じられていたのだろう。

まぁ、チョップは少し痛かったけど、これで済むなら安いものだ。

玄関を開けると、バスタオルが頭の上から投げかけられた。

「おかえり、嫁殿。随分遅かったようですね？」

「えーと、ただいま。すこーし、道に迷っちゃって」

「川に行ったのでしょう？　そこまで離れてはいないはずですが？」

うーん、コゲツが怒っているのが言葉の端々に感じられるのは、多分気のせいじゃなさそうだ。ここは正直に言ってしまったほうが、傷は浅い。

「火車に服を持っていかれて、追いかけて……そうこうしているうちに、帰りは道に迷っちゃったの」

多少省いたけど、嘘は吐いてない。

「火車が……ふむ。まぁ、いいでしょう。早くお風呂に入って、着替えておいで」

「はーい。バスタオルありがとうね」

お礼を言うと、コゲツの口元がふんわりと笑う。

良かった。これ以上は怒られないようだ。

玄関に上がってコゲツの横をすり抜けようとした時、凄い勢いで腕を掴んで引き戻された。

「嫁殿ッ、何があった！」

「え？　何が？　ちょっ、コゲツ、痛いよ！」

腕を掴むコゲツの力に抗議するけれど、コゲツは噛みつかんばかりに顔を近付けてくる。顔が凄く近いと思ったけれど、ドキドキする暇もなく、コゲツはわたしの背中側の上着をめくりあげた。

「何？　本当になんなの？」

「霊障が出ているのは、どういうことです！　説明しなさいッ！」

「レイショウって何⁉　意味わからないんだけど！」

「これです！」

コゲツに背中を触られて、ゾワッと身震いする。顔を真っ赤にしているだろうわたしに、コゲツも「あ」と言って耳をうっすらと赤く染めた。

お互いにぎこちなく沈黙していると、「何をしているのやら？」と呆れ気味な天草先生が現れ、わたし達を引き離す。

ううっ、コゲツの触り方が悪い。それに滅茶苦茶恥ずかしい！

ひとまずコゲツと天草先生をリビングに残して、千佳と一緒にお風呂に入り、脱衣所で背中を千佳にスマートフォンで撮ってもらってから着替えた。

写真を見てみると、赤く火ぶくれしたような小さな手形が、わたしの背中の下のほう、ちょうど少女が触った辺りにあった。触ってもなんともないけれど、見た目はとても痛そうだ。

「突いても痛くないの？　へぇー。凄く痛そうなのにね」

「痛くはないけど、千佳……膨らんでるところを潰そうとしてない？」

「……そんなことないよ」

「その間が怪しい～……もう」

潰して肌に痕が残ったらどうしてくれるんだか。

でも、子供の手形は不気味な感じで、ぞわっと鳥肌が立ってしまう。

脱衣所から出てリビングへ戻ると、トマトクリームの冷製パスタがテーブルに並んでいた。凄く細い麺を使っていて、トマトとボイルした海老にアボカドが入っているようだ。

あとはトマトのフリッターに、デザートはトマトのコンポートと、トマト尽くし。

「師匠……トマト、多すぎじゃないですかね？」

「千佳の母親から、トマトがあまり好きではないと聞いて」

「師匠!?　嫌がらせですか!?　うわぁぁ極悪非道っ！　あまり好きじゃないだけで、食べられますからね？」

「食べられないものを作る訳がないでしょう？　ただの嫌がらせです」

「うわっ！　聞いたミカサ⁉　嫌がらせだって公言したよ！」

「あー、うん。でもまぁ、食べられない訳じゃないなら、いいんじゃない？」

「ミカサまで！　酷いよー！」

千佳にはそう言ったものの、わたしもトマトが好きかと言われると、好んで食べるほどでもない。

しかし、コゲツが食べ物で嫌がらせをしてくるなんて、少し意外だ。料理男子のコゲツは、いつでも楽しそうに料理をしていると思っていたから、こうしたことはしてこないと思っていたんだけどな。

「どうかしましたか？」

「いや、コゲツがこういう嫌がらせをするなんて、意外だなぁって……」

「千佳と嫁殿が悪い」

う……っ。こちらとしてはお風呂に入って綺麗さっぱり、別荘を抜け出した以降のことは忘れてしまったつもりなのに、コゲツは水に流してはくれないみたいだ。

レイショウというのが出ていると言うし、この背中の手形は、コゲツ的には良くないものなのだろうか？

不気味だけど、何日か薬を塗っていれば治るのではないかな？　と、気軽に思っているのだけれど。

「まぁ、食事をしながら、嫁殿と千佳には説教が必要ですよね？」

コゲツの笑顔の口元が、とても怖い。

千佳もわたしも項垂れつつ席に着く。キッチンから麦茶を持ってきた天草先生が席に着くのを待って、食事を始めた。

「んっ、このトマトクリーム、凄くもったりしてる！」

「あ、本当だ。甘味？　なんだろう？　トマトの酸っぱさよりも滑らかで優しい感じだね」

「ああ、そら豆を潰してクリームで溶いたからだろうね」

流石お料理男子。工夫しているようだ。

トマトが苦手な千佳やわたしが食べやすいようにしてある辺り、単なる嫌がらせじゃないのかも？

フリッターは簡単に言ってしまえば天ぷらなのだけれど、コゲツの作るフリッターは少し変わっていて、大きなトマトを器にして、中にミニトマトをフリッターとして入れている。

　中のフリッターには甘みのあるフルーツトマトを使っていて、千佳のお母さんがたまにお弁当に入れているものと一緒の味がする。

千佳のトマト嫌い克服のために、よく入れているらしい。

「あれ？　この器のトマト焼いてあるんですね」

「焼くと酸味より甘みが強くなるから、食べやすくなるでしょう？」

「師匠……なんだかんだで、弟子思いじゃないですか！」

「……コゲツ、お母さんみたい」

「嫁殿、なんですか？」

「いいえ。なんでもありません」

わたしは首を左右にぶんぶんと振る。わたし達のやり取りを見て、天草先生はくっくっと肩を震わせていた。

生徒を助けるのは先生の仕事なのではないだろうか？

デザートのトマトのコンポートもツルンとして甘く、トマトらしくないフルーティーな味わいで美味しく頂けた。これならば、子供や千佳のトマト嫌い克服にもいいだろう。

「さて、嫁殿に千佳。どこでその霊障を付けられたのか、説明してもらいましょうか？」

食べ終わって一息ついたところで、コゲツの「怒っています」オーラ全開の尋問が開始された。

そして、その圧に負けた千佳があっさりと喋ってしまい、先ほどわたしが説明を端折った部分についても語ってくれた訳だ。

「ハー……嫁殿、補足は？」

額に手を当てたコゲツが深く溜め息を吐く。わたしをジッと見ているであろう視線が、布越しに感じられた。

「えーと、子供のお化けに『次はあなたが鬼ね』みたいなことを言われたよ。あとは、『百数えてから』とか」

「よりにもよって、『鬼』を引き受けてきたのですか……。嫁殿の霊障は、『鬼』を引き受けたにもかかわらず帰ってきてしまったことが原因でしょうね」

「コゲツの言っているレイショウってなんなの？」

「霊障とは、『人ならざる者』に関わり、彼らの意に反することをした場合に、警告として、嫁殿のように体の一部に残される思念です」

意に反することと言われても、遊ぶことを押し付けられただけで、こちらはそれを承諾した訳ではない。理不尽では？

それに、お化けだと分かっているモノと、自分から遊ぼうとは思わない。

「これ、消えるよね？」

「見てみないと分かりませんね」

「はい。師匠どうぞ」

「あっ！　千佳、待って！」

千佳が差し出したスマートフォンを、コゲツが受け取る前に横から取り上げる。画像の手形の部分を拡大し、そこで切り取ってから、コゲツにスマートフォンを渡した。

背中の下のほうだから、お尻が……バッチリ写ってしまっているのだ。わたしにも羞恥心というものがある。

「随分と念を込められていますね」

「消えるかな？」

「一度、その屋敷に行ってみましょうか……。まったく。嫁殿、体に痛みや違和感はないですか？」

「それは全然ないかな？」

改めて背中を触って確かめると、ぐしゅりと嫌な生っぽい感触が手に触れた。痛くはないけれど、濡れた感覚に手のひらを見てみると、血混じりの透明な液体が付着している。

「ミカサ！　潰しちゃってるよ！」

「強く押してないのに」

「嫁殿……！　天草、濡れタオル！　救急箱！」

「はい！　直ちに」

お気に入りのシャツだったのに！　とは、流石（さすが）に言える雰囲気ではなかった。

コゲツがわたしを抱き上げ、リビングのソファにうつ伏せに寝かせた。濡れた手をティッシュで拭かれる。

「嫁殿、シャツをめくりますよ」

「ううっ、はい……」

天草先生が戻ってくるとコゲツに治療される。ガーゼの上にお札のようなものを貼って、その上から包帯でグルグル巻きにされてしまった。

「痕にならないと良いのですが……」

「酷い？」

「見た目は少し……。しかし、霊障は『人ならざる者』に対処すれば消えることもありますから、大丈夫ですよ」

この言葉の濁しようは、少しヤバいのかもしれない。

わたしのどんよりした気持ちを代弁するかのように、外では雨が降り始めていた。ゴロゴロと雷まで鳴り響いている。

部屋の中はすっかり暗くなっていて、明かりを点けると、薄暗くなったリビングが明るさを取り戻す。明るくなった部屋の中で雨の音を聞きながら、コゲツの監視のもと、川遊びに行く前に終わらなかった宿題をやることになった。

本を開いてはどんな内容だったかを読み返して、「こんなことがありました」という報告書のような作文が出来上がっていく。

「嫁殿と千佳は……本を読むのは嫌いですか？」

「ううん。読むのは好きだけど、いざ感想を……って言われると、面白かったーぐらいのアバウトな感想しか出ないのよね」

「分かる！　あたしも、この人とこの人が旅の中で食べたご飯が美味しそうだったよーぐらいの感想しか、頭の中に残ってない！」

「読んで感じたことは色々あるのに、頭の中の言葉を文章にするのって難しい……」

「本当にそれだよねー」

わたしと千佳は作文用紙を埋める文字の少なさに、うんざりとした顔で「分かる分かる」と言い合う。

コゲツは小さく笑って、わたしの本をパラパラと流し読んでいた。

『夏の想い』というタイトルの夏らしさで選んだ本だ。毎年夏になると海に遊びに来る親子がある年からパタリと来なくなって、海の家の人々がその理由をああでもないこうでもないと話し合う、ミステリー……ふうな内容。

推理している間は楽しかったり不安になったりするのだけれど、問題の子供が大きくなってから再び海にやってきて、遠くの街へ引っ越したことで来られなくなったのだということが判明するというだけの話。

「ふむ。嫁殿は、どの推理が一番良かったと思いますか？」

「んーっ、子供が受験で来られないだけという一番無難なやつかな？　一番思い付きやすい答えでしょ？　でも、それを子供の海での行動と結び付けて導いていくのが、面白かったかな？」

「具体的に、どんなところが面白かったですか？」

「子供がこんなことをしていたっていうエピソードが、海の家の人達それぞれの目線で全然違う話になっていて、面白おかしく書かれているところ」

「なら、嫁殿はそれを感想として書けばいいのでは？」

「あ、なるほど……！　コゲツありがとう」

コゲツにお礼を言って原稿用紙にシャーペンを走らせ始めると、千佳が「師匠、依怙贔屓（えこひいき）だ！」と騒ぐ。コゲツは千佳の本も手に取ってパラパラとめくった。

「私は、この手の冒険小説は読まないですね」

千佳が読書感想文用に借りてきたのは、わたし達が生まれる前に流行った冒険小説で、映画にもなった作品だ。確か、特殊な力を持つ少年の成長と冒険を描いたものだっただろうか？

「ええーっ！　映画にもなった本なのに？」

「パッと読んでみましたが、日本の術者の私には、海外の『人ならざる者』とは、相容れないところがありますからね」

「師匠～っ！　アドバイス！　アドバイス！」

「色々と食べ物を食べている描写が多いのだから、千佳はその食べ物に関して書けばいいでしょう？」

「それじゃあたしが食いしん坊って言ってるようなものじゃないですかー!?」

泣き真似をする千佳に、わたしとコゲツが笑う。和気藹々（わきあいあい）とした雰囲気の中、どうにかこうにか宿題を進めた。

ちなみに、どうして呑気に宿題をしているのかというと、わたしと千佳が入り込んでしまった屋敷の庭を、天草先生が今現在調べているからだ。

下調べが終わらないことには、コゲツも下手に動けないと言っていた。

「天草先生、こんな雨の中で大丈夫かな？」

千佳が原稿用紙の上にシャーペンを放り出し、叩きつけるような雨で小さく揺れる窓から外の様子を窺（うかが）う。

確かに、雨脚も強くなっている。天草先生は大丈夫だろうか？

「天草なら心配はいりません。むしろ雨のほうが調子は良いはずですよ」

「ねぇ、コゲツ。天草先生は人じゃないのよね？　何者なの？」

「そうですね……いずれ分かるとは思いますが、三灯天神と似たようなもので、供物神ですよ」

「クモツガミ？」

「供物、つまりお供えをすれば、お礼として雨を降らせる神です。まぁ、少々供物の内容に口うるさいところはありますけどね」

なるほど……今度、天草先生にお饅頭でもあげてみよう。

「嫁殿、供物はそこらの菓子では、対価としては低いですからね？」

「なんでわたしが天草先生にお饅頭をあげようとしたのが分かったの？」

「嫁殿は目がよく動くから、分かりやすいのですよ」

目の動きだけでお菓子をあげるなんてことまで分かる？　そんなに分かりやすいだろうか？

腕を組んで考えているとコゲツに頭を撫でられた。すかさず千佳が口笛を吹いて冷やかしてきたので少し睨みつけたちょうどその時、派手な音を立てて雷が近くに落ちた。

「うわーっ！」

「ひゃっ！」

千佳とわたしの情けない悲鳴と共に、部屋の明かりが消え、目の前に薄暗闇が広がる。

コゲツの「停電ですね」という落ち着いた声に、わたしの跳ね上がっていた心拍数は一度は落ち着きを見せたものの、ピッシャーンとまた響いた派手な音に悲鳴をあげてコゲツに抱きついた。

「嫁殿は怖がりですね。大丈夫ですよ」

「だって、凄く近くない？　こんなに音が近いんだよ？　無理！」

完全に竦みあがってしまったわたしの肩を、コゲツはただ優しく抱く。

コゲツから、不思議なお香のような匂いが漂っていた。雷のせいにして、このまま少しだけ抱きついていようか？

ドキドキしながらコゲツに抱きついたままでいると、ふと、聞き覚えのある声が耳に届いた。

「——鬼さんこちら、手の鳴るほうへ」

歌うような声は幼げで甲高く、続いて手を叩くような音が鳴る。

その時、ちょうど雷が落ちて部屋の中を明るく照らした。

部屋の中には、先ほど屋敷の前で会った赤い着物のおかっぱ少女がいた。

「うっぎゃあああー！」

叫んだ千佳の悲鳴に、ビクリと少女の肩が揺れる。

わたしもコゲツに抱きついたまま、床から足がぴょんと離れそうになった。

ガシッと、千佳がわたしとコゲツに抱きついてくる。

「師匠！　おば、お化け！　お化けですよ！」

「分かった。分かったから、落ち着いてくれ」

「コゲツ、あの子がさっき言った子だよ！」

「分かりましたから、嫁殿も落ち着きましょう」

そう言って、コゲツはわたし達を引き剥がし、一歩前に出た。

少女は耳に指を入れて「うるさいのう」と怒ってもいない声でぼやいている。コゲツの後ろから覗いていたわたしと目が合うと、ニィッと笑った。

狐のような目は笑うとますます弓のように、三日月形に細くなる。

「『鬼』は百を数えたら捜しに出なきゃいけないのに、こんなところでお前、何をしているの？」

ゾッとするような冷たく叱る声に、わたしは思わず頭を小さく左右に振った。

チリチリと背中の手形が疼き、そこに心臓があるようにドクドクと脈打っている感覚がした。

「申し訳ないが、鬼遊びはしてあげられません。彼女は、私の妻なのでね」

コゲツがシャツの胸ポケットから取り出した白い紙に息を吹きかけると、いつもの式神が現れ、コゲツと同じ大きさに広がる。

「千佳！　嫁殿を頼みましたよ！」

「え！　マジですか⁉」

「修行をしたでしょう！　基本を守れば大丈夫です！」

「は、はいっ！」

わたしと抱き合っていた千佳が敬礼のポーズを取り、「大丈夫、基本基本」と呟きながら、右足――利き足をダンッと力強く踏み込む。

「ミカサ、任してよ」

「……無茶しないでね？」

「大丈夫！　半分は師匠がなんとかするでしょ？」

見上げるとコゲツは微かに頷いた。

ジャラ、とコゲツの数珠が鳴る。少女が首を傾げた。

「妾と遊びたいの？」

「まずは、名乗りを聞きましょうか？　お嬢さん」

「くっくっくっ。堅苦しいやつと遊んでも面白くないわ。それに、妾はそれと遊んでいるのよ」

少女がわたしを指さして目を細める。

また背中の手形が熱を帯びたようにざわついた。何かが体の中を這っているような嫌な感じがして仕方がない。声を押し殺して気持ち悪さを呑み込むと、額がズキンと痛んだ。

額に手をやると、硬い物が触れる。硬い……骨が突き出たような、硬い瘤がある。

「何、これ……？」

「ミカサ？　何それ？　角？」

千佳の言葉に、確かに角のようだと、わたしも思ってしまった。

わたし達の声にコゲツが振り向いて、多分、目が合ったのだと思う。コゲツは息を呑み、一瞬言葉を失ったようだった。

「嫁殿……！　っ、これはもう、祓い屋〈縁〉としての領分ですね。――私の妻に、何をした！」

少女に向かってコゲツが声を荒らげると、少女は口が裂けてしまうのではないかというくらい口角を上げて笑う。

まるで狐の面のようだ。

「遊戯場から逃げる、それが悪い。これは罰よ」

「遊戯場？　あの屋敷が貴女の遊戯場だということですか？」

少女はそれに答えず、目の前ですぅと消えてしまう。「鬼さんこちら、手の鳴るほうへ」と歌いながら。

やがて、消えていた部屋の明かりが数回点滅して元に戻った。

向かい合ったコゲツに、頬を両手で包まれる。

「逃げられてしまいましたが、心配はいりませんからね」

「えっと……まずい状況なの、かな？」

「式神に後を追わせていますから、大丈夫です。背中や額は痛くないですか？」

「痛くないよ。こっちは……コツコツしている感じはするけど」

さっきまでコゲツの横にいた式神は、コゲツの言葉通り少女をつけていったのか、いなくなっていた。

少女が消えて背中はもうなんともないし、額の角のような瘤は硬いけど、痛くはない。

「嫁殿にはやはり、これが必要みたいですね」

コゲツが自分の胸元から何かを取り出すと、わたしの手に握らせた。

この間ももらった、紫色のお守り袋。

前の物は三灯天神に襲われた時に身代わりになって砕けたらしい。今回のものも身代わりのお守りだろうか？

「コゲツ、これってなんなの？」

「そのお守りには一家の御神木が入っています。邪気祓いですよ」

「この間のとは違うの？」

「同じですが、若干まだ新しいので、前の物と同じ効力を期待はしないでください。あくまで邪気を祓うだけですからね」

『邪気』もよく分からないのだけれど、良くないものを寄せ付けないためのお守り、と思っておけばいいのかな？

　コゲツがわたしの頭をクシャッと撫でて、隣に並ぶ千佳の頭もポンポンと叩く。さっきは頑張ったでしょう、とでも言いたげに期待のこもった顔をしていた千佳は嬉しそうに笑った。不思議と嫉妬などはしない。多分、妹のような感覚。

しばらくして、コゲツのスマートフォンに天草先生から別荘へ戻ると連絡があった。

「コゲツ様！　後れを取りました！」

天草先生はずぶ濡れで帰ってくるなりそう言い、コゲツにタオルを投げ付けられていた。

　タオルで頭を拭きながら、天草先生が口を開く。

「ミカサ様が入り込んだのは影蔵家の所有する屋敷で、『座敷童』を作り出すための場所のようです」

「座敷童って、妖怪の？」

「はい。家や蔵に住み着き、小さな悪戯をするだけの可愛らしいもので、見た者に幸運を運び、家に富をもたらす……と、俗に言われている『人ならざる者』のことです」

「『人ならざる者』を作り出すって……。さっきの子は座敷童なの？」

妖怪とは、式神みたいに作れるようなものなのだろうか？　天草先生とコゲツを交互に見つつ、わたしは千佳と一緒に小さく首を傾げる。

「火車が影蔵家をつけ狙う理由は、それで間違いなさそうだな」

「ええ。影蔵家は人為的に座敷童を作り、屋敷に封じ込めている。そう見ていいでしょう、が……屋敷の結界が破られていました。閉じ込められていた座敷童がミカサ様に接触できたのは、おそらくはミカサ様が入られたことで、結界が解けてしまったからかと……」

いきなり三人の目がわたしへ向けられた。

そんな半目でこっちを見ないでほしい。あんな何もない庭に結界があるなんて思わないし、わたしは自分の能力をコントロールできている訳じゃないのだ。

「嫁殿から目を離していた、私が悪かったようですね」

「いえいえ、ミカサ様と美空くんが出かけるのを止めなかった僕の落ち度です」

「あたしが服を盗られたせいだね」

なんでそこで三人揃って溜め息⁉　わたしがトラブルメーカーみたいな扱いになってはいないだろうか？

……確かに、わたしがうかつな行動をしたのは反省するけど。

「つまり、人為的に座敷童を作ることは、術者の間では……」

「ええ、禁術とされています。それに、方法が人道的ではありません。火車が悪だと判断するのも頷けるというものです」

横殴りの雨が降る中を、わたし達は車で移動している。

コゲツの式神からの報告で、やはり先ほどの座敷童が向かった先は影蔵家の屋敷だと分かった。

初め、コゲツはわたしを置いていくつもりだったようだけれど、わたしの能力で影蔵家の結界が破られたのならば、わたしが一緒のほうがいざという時になんとかなる、かもしれないらしい。

これに関しては、わたしの能力をわたし自身が分かっていないこともあり、過度な期待をしてはいけない。

「人道的じゃないっていうのは？」

「普通の座敷童は、家の軒下に金の宝珠と呼ばれる玉枝を埋めておくと、それに引き寄せられてやってきて、その家に居つくかどうかを決める。彼らは子供のようなもので、気まぐれですが、居つけばその家に幸運と富をもたらすわけです」

ふんふんと、後部座席のわたしと千佳は頷く。

そこまではなんとなく知っている話だ。座敷童は『人ならざる者』としては有名だから。

「人為的に座敷童を捕まえるには、『友達』を用意しておくのですよ」

「友達……遊び相手ってこと？　それのどこが禁術なの？」

「普通にありなんじゃないですかね、師匠」

不思議に思って聞くと、コゲツは前を向いたまま溜め息を吐いた。代わりに、人の良い笑顔を浮かべた天草先生が口を開く。

「遊び相手は、座敷童に言葉巧みに『遊び』を持ちかけます。その言葉選びには呪いがかけられているのですよ。例えば、『この遊びで負けたら屋敷から出るのは禁止』といった具合に。そして逃げられないように呪いで雁字搦めにして、最後に食むのです」

「はむ？」

「食べると書いて、食む。幸運を運ぶ座敷童も、無理やり捕らえられ恨みを募らせれば災いにしかなりません。ですから座敷童を自分の子供に食べさせて、子供を座敷童に仕立てあげる。それこそが禁術です」

座敷童を、食べる？　子供が……

千佳が口元を手で覆い、わたしも咄嗟に喉元を押さえた。

先ほどの少女は座敷童を食べた子供、なのだろうか？

「座敷童を食べた子供を『鬼童子』と言います。先ほどの子供がそれです。おそらくは、影蔵家の子供でしょうね」

座敷童は『人ならざる者』だけれど、姿形は人と変わらないはずだ。そんなものを子供の口に入れさせてまで幸運と富が欲しいなんて、正気とは思えない。

「子供に、そんなことをさせるなんて……」

声が震えてしまうのは、恐ろしさからなのか怒りからなのか。わたしはあの子供に触られた背中に熱を感じて、唇を噛みしめた。

「嫁殿。火車が影蔵の者を狙う理由は禁術でしょうから、嫁殿は絶対に火車に触ってはいけませんよ」

「なんで？」

「嫁殿が結界を破ったことで、火車もまた、影蔵の屋敷に侵入できるようになっているはずです。仕事の邪魔だけはしてはいけません。嫁殿の能力は悪しきものも正当なものも、平等に消し去ってしまいそうですからね」

「うぐ……気を付けます」

自分の無意識下で発動してしまうのだから、気を付けろと言われても難しいけれど、気を付けなくては。

「嫁殿」

呼ばれて顔を上げると、助手席からこちらを振り返ったコゲツは口元に笑みを浮かべていた。

「大丈夫です。角のことはなんとかしましょう。嫁殿は、私がちゃんと守りますからね」

「……うん」

今は別に自分の額に角が生えたことを心配していた訳ではないけど、コゲツが前と同じように「守る」と言ってくれたことが嬉しい。

わたしはコゲツがいる限り、きっと大丈夫。

安心と信頼ができる人が傍にいるのは、とても心強いものだ。

わたしがそんなことを考えている間に、車が屋敷の前に停まった。

＊＊＊

火車。

生前、悪行を積み重ねた者の魂を地獄へ案内する妖。葬式場や墓場から、遺体ごと連れ去るという。年老いた猫が正体とも言われている。

「ぶにゃーぉ」

のんびりと間延びした声で、太った黒い猫が鳴く。

「来たか……忌々しい畜生め……」

影蔵の屋敷では、死の床へつこうとしていた一人の老女が、最後の力を振り絞って火車と対峙していた。

対する火車は目を細め、口元をふくふくとさせてひげを揺らし、のんびりと老女へ近付く。老女は、火車が一歩進むごとに、砂浜の中に足を取られて沈んでいくような感覚にとらわれた。

老女の手には妖刀と言われる『烏帽子喰い』が握られている。

『烏帽子喰い』は平安時代の帽子、烏帽子に似た刃の形をしていることから名付けられた小さい妖刀だ。刃渡りは十五センチしかないが、妖刀と言うだけあり、かつては烏帽子ごと人の頭を切り落としていたとも言われる、血染めの妖刀である。

座敷童が影蔵家に齎した財宝の中に紛れ込んだ一振りであった。

「ぶにゃー」

「地獄になど行くものか……!　ミオが儂を待っている……！」

振り上げた妖刀は、火車にかすりもせず畳に刺さる。軽やかに一撃をかわした火車は、のんびりとした足取りでまた一歩老女に近付いた。

火車の口の端から青白い炎が漏れ出る。

ぼぅっと音を立てて炎が走り、屋敷に悲鳴が響き渡った。

＊＊＊

わたし達が影蔵の庭に入ると、そこには黒い衣装の人がたくさんいた。

雨風が吹きすさぶ中、ただただ屋敷を見つめている。こちらには気付いていないようだ。

まるで何かに怯えているようにも見えた。

「コゲツ……。あれ、どうしたんだろう？」

「少し、遅かったようです」

コゲツに下がるように手で示され、後ろに下がる。と、屋敷のとある部屋から青い炎が立ち上った。

影蔵の人々の口から小さな悲鳴があがる。

「ヒッ！　もう影蔵はおしまいだ……」

「大主の婆様は、婆様は間に合わなかったの？」

「どうすれば……」

影蔵の人達はそれぞれが独り言のように呟きを漏らす。

「一さんっ！　いいところに」

嫌な静けさを割って駆け寄ってきたのは、別荘に来ていた老人、汽水宗一だった。

コゲツは少しだけ面倒そうに溜め息を漏らしたけれど、汽水老人に会釈を返す。

「何があったのかは、まぁ、だいたい察しはつきますが」

「ええ、ええ。そうなんですよ。何者かが影倉家の敷地に張り巡らされた結界を解いたせいで、火車がやってきてしまったのです。影倉家の総代の絹江様が事に当たっておられたのですが……」

ぼうっと再び青白い炎が上がる。屋敷の屋根の一部が崩壊して、そこから炎が出ていた。

突然、唸るような声が響いた。

バンッと勢いよく庭に面した襖が開き、中から痩せ細った老婆が現れた。白い髪は乱れ、白い浴衣は赤く染まっている。

その手には、血に染まった短刀。

そして、反対の手には、黒い毛玉がだらりと重そうに引きずられていた。

「火車……ッ！」

「そんな、猫ちゃんが！」

わたしと千佳は信じられないと身を震わせて、お互いの手を握り合った。

雨はますます勢いを増し、青白い炎を鎮火させるように降りしきる。

「婆様！　ああ、良かった……！」

「これで影倉は、首の皮一枚で繋がったか」

「……おめでたい一族ですね。嫁殿、千佳。私の後ろに」

安堵する人々の声に、コゲツの声が紛れる。上着の内側から細く小さな数珠を取り出すと、胸の前に構えた。

何かがある……そう感じ取ったわたし達はコゲツの後ろに隠れる。汽水老人もコゲツの後ろにちゃっかりと隠れた。

――にゃあぁおぉう。

轟く雷鳴の中で、猫の声が木霊した。

「猫の、声……」

「まさか……！」

その場にいる全員の視線が、老婆の手元に集まった。

グネグネと毛玉の中身が弾け出そうに蠢いている。老婆が短刀を振りかざした時、雨の降りしきる中庭に、小さな黒い子猫が飛び出してきた。

「ぶにゃ」

小さく甲高い、不細工だけれどいたって普通な子猫の声。

しかし、身の毛のよだつような禍々しさが子猫にはあった。

「猫は元々、恨みを蓄積しやすい。黒猫は特に呪いを体内に宿している。そして、魂は九つ」

コゲツが指で五芒星を描き、術を唱える。

それと同時に子猫が口を大きく開き、老婆に向けて青い炎を放った。青い炎は大きく膨らみ、老婆を、屋敷を呑み込んでいく。

庭にいたわたし達は、ごうごうと燃える炎の熱さにじりじりと後退（あとずさ）っていた。コゲツが展開した術が空中に見えない壁を作っているようで、なんとか耐えられるが、それでも熱い。

「ぎゃああぁぁ！」

老女の悲鳴にわたしも小さく悲鳴をあげて、コゲツのシャツを握り締める。

そこへクスクスと甲高い子供の笑い声が木霊（こだま）した。

「きゃははは。お母様が燃えてる！」

「ミオ！　みおぉぉぉ！」

老女が地面に倒れ込む。裂けるような笑みを浮かべた鬼童子が、老女の前に現れた。

あの少女は、老女を母親と呼んだの……？

コゲツが言っていたように、老女は自分の子供を鬼童子にしたのだろうか……。だとしたら、この少女は、この家の富のためだけに犠牲になったのでは？

少しだけ同情めいたものが芽生えたが……それも一瞬のことだった。

「お母様。つーかーまーえーたぁ」

ぐしゃり、と嫌な音が少女の足元で鳴った。

わたしの目の前にコゲツの手が広がり、残酷な瞬間は見ないで済んだ。それでも、隣の千佳が口を押さえて嘔吐き、周りの人達も身を強張らせていることから、少女が——老女の頭を踏み潰したのだと理解した。

「フシャーッ！」

子猫が威嚇の声をあげ、少女に向けて火を吐いた。

ひらりと避けて少女が笑う。まるで踊るようにくるくると回り、赤い振袖が蝶の羽のように見えた。

「きゃははははは」

まるで世界がそこだけ違う気がして、呆けてしまう。

しかし、コゲツの数珠の音で現実に引き戻された。コゲツの数珠が鞭のようにしなり、少女の手首に巻き付いている。

「お前の相手は、私だ！」

「……またお前なの？　でも駄目よ。妾の相手は、お前の後ろよ」

ニィッと口角を上げる少女に、わたしはぶるりと震えあがる。

コゲツがこちらを振り向かずに、「苗字を」とわたしに指示した。わたしは三灯天神の時と同じように、利き足で地面に「一」を書く。

一の字は五芒星に変わり、光を放って動き出す。背を向けたままのコゲツがサッと横に飛んだ。五芒星はコゲツの横をすり抜け、少女にぶつかる。

「嫁殿！　連続だ！　鬼童子は私が押さえておく！」

「はい！」

「千佳！　お前もいざとなったら三灯天神の解放を！」

「はいぃ！　ラジャー了解！　かしこまっ！」

「返事は一回でいい！」

「はいっ！」

相変わらず千佳には厳しいコゲツだ。

でも、二人のいつも通りのやり取りのおかげで、震えは治まった。

わたしが五芒星を作る間、コゲツは何か唱えながら数珠で少女を拘束し、千佳は精神統一のために合わせた両手の指先に意識を集中しているようだった。

「あなた達は逃げてください！　邪魔です！」

「しかし、屋敷の中に大主の婆様の遺言状が！」

「そうよ！　まだ屋敷に金庫があるわ！」

天草先生が、騒ぐ屋敷の人達を追い出そうと動いている。

汽水老人は、眉尻を下げてオロオロするばかりで役に立ちそうにない。

「にゃー」

子猫がひと鳴きする。挙動を見守るように、全員がピタリと動きを止めた。

子猫が老女の首に噛みつくと突風が巻き起こり、子猫はそのまま老女の体を持って空へ駆け上る。

子猫とはいえ火車は火車のようで、悪人の魂は地獄に連れ去ってしまうようだ。

「お母様が逝っちゃったわ。……これで、妾を縛るものは何もない！」

「くっ……、千佳、三灯天神の解放をしなさい！　もう時間がない！」

コゲツが少女を押さえていた数珠から手を放し、わたしを横抱きにして距離を取る。

「はい！　行くよぉー！」

赤い稲妻のような光が千佳から放たれた。

相変わらずのコントロールのなさはともかく、派手で攻撃力の高そうなところは、流石としか言えない。稲妻は一直線に少女にぶち当たった。

地面に倒れ込んだ少女に、千佳が「よしっ！」と小さくガッツポーズする。

「どうよ！　千佳ちゃんの全力パワーは！」

「ノーコンめ」

得意げな千佳に、けれどコゲツは舌打ちをして「千佳！　右に避けろ！」と叫んだ。

コゲツが言い終えるや否や、ビュンッと、矢が飛ぶような音が鳴る。

黒い筋のような……たくさんの糸を束ねたようなものが千佳の腕を貫いていた。

「え……？　ちょっ、いったぁぁぁ！」

「千佳！　回復術式！」

「うぇぇー！　覚えてないです！」

「気合で思い出して回復！　嫁殿、危ないですが、私が押さえつける間に鬼童子を祓ってください！」

「え？　できるか分かんないよ？」

「嫁殿なら、大丈夫です。能力を引き上げますから、成功しますよ。私が保証します」

わたしを地面に下ろし、コゲツが自分の指を噛む。血の付いた指でわたしの額に

「二」と書いた。

少し待つようにと言って、コゲツは地面に座り込んでいる千佳に近付いた。千佳の腕を貫いていた黒い筋を引き抜くと、拳に握り込み巻き付けて、ぐんと引っ張る。引っ張り上げられたのは鬼童子の少女で、黒い筋は長く伸びた髪の毛だった。わたしなら大丈夫、保証する、とコゲツは言うけれど、わたしの能力をわたし自身がよく分かっていないのに、本当にちゃんと発動するだろうか？

そう焦る心もあるのに、コゲツが言うのだから、大丈夫な気もしてしまう。不思議な感じだ。

コゲツが、髪の毛を手に巻き付けて少女を引きずり寄せ、体を使って組み伏せる。

「お前を縛る親は亡くなった！　帰るべきところに帰れ！　鬼童子、いや、座敷童！」

「うるさい！　妾(わらわ)は次の童(わらべ)と、鬼ごっこをする！　邪魔をするな！」

「嫁殿には、手出しはさせないっ！　——嫁殿！」

コゲツに呼ばれて、わたしは急いで駆け寄った。

押さえつけられた少女は、先ほどの千佳の攻撃のせいか、髪の毛がチリチリに焦げている。しかし、おかっぱ頭なのに髪の毛が伸びるなんて、どこの呪われた市松人形かと言いたい。

「えいっ！」

掛け声と共に勢いよく少女の頭のてっぺんに手を置いて、すぐさま離す。

だって、コゲツが押さえているとはいえ暴れていて……少し怖い。

一歩足を引いた時、バシュンという音と共に、わたしの体から湯気のようなものが出た。

「嫁殿！」

わたしはぱたぱたと手を振って煙を拡散させる。今のところ湯気が出ただけで、なんともないのだけれど、大丈夫だろうか。自分の体を見下ろしてみるものの、よく分からない。

「コゲツ。わたし、失敗しちゃったかな？」

少女を押さえつけながら、コゲツはわたしのほうへ顔をあげた。

コゲツの顔を隠す布が雨に濡れて、薄っすらと顔に張り付いている。これでちゃんと見えているのだろうか？

「ええ。失敗はしたようですが、でも、角（つの）が消えていますから霊障は消えたようですね。良かった。――っ！　嫁殿！」

安堵の笑みを浮かべていたコゲツが、突然わたしを突き飛ばす。

スローモーションのように周りの動きがゆっくりと見えた。

少女の髪がまた伸びて、今までわたしが立っていた場所を狙う。

その髪がコゲツの顔を掠め、雨に濡れて重くなっていた布がズルリと落ちる。

コゲツの素顔が晒され、久々に綺麗な紫陽花のような瞳を見た。

髪が何もない地面に突き刺さり、わたしは突き飛ばされた衝撃のまま尻もちをついた。途端に、周囲の動きがいつも通りの速さに戻る。

自分の上にいるコゲツの顔を見た少女は、ヒッと小さく悲鳴をあげた。

「そなたの目……まさかっ！」

「貴女は帰るべきところに帰ることを拒否した。親の呪詛が解かれたのだから、座敷童としての道もあったでしょう。しかし、もう、遅い」

「やめ、止めるのじゃ！　妾は、お母様とお父様に屋敷に閉じ込められただけ！　嫌じゃ！　嫌じゃぁあああ！」

藻掻くように手足をばたつかせる少女を容赦なく押さえつけ、コゲツはお経に似た言葉を紡ぐ。その間も少女は悲鳴をあげ続けていた。

先ほどまでの高飛車な態度が嘘のようだ。

コゲツが最後まで唱え終えて口を閉じた時、間延びした鳴き声が響いた。

「にゃぁーご」

小さな子猫の火車がまたどこからともなく現れて、コゲツの周りをウロつく。

コゲツが立ち上がると、火車は待ってましたと言わんばかりに、少女の首元に噛み付いた。少女の抵抗をものともせず、その体を引きずり始める。

「妾(わらわ)は悪くない！　助けて！　地獄は嫌じゃ！」

叫びは雨の音にかき消され、火車は騒ぎ立てる少女をそのまま空へ持ち去った。

だんだんと小さくなっていく姿を見守っていると、途中で少女の体がぼろりと崩れた。魂のようなふわふわとしたものだけを咥(くわ)え、火車が去っていく。

地面に落ちてきたのは、小さな子供の骨と赤い着物。

「あああ！　ミオ様が！」

「影蔵の家はどうなるのよ！」

「今のうちに金目の物と遺言書を持ち出すんだ！」

影蔵の人々が雨で滑る玉砂利の上を我先にと争うように走り出す。

しかし、屋敷まであと少しというところで、巨大な足に踏み潰されたように屋敷が崩壊した。

「うわぁ！　コゲツ、お屋敷が潰れちゃったよ！」

「座敷童である鬼童子がいなくなれば、今までの富は全て消えますからね。屋敷もその富の一部。仕方がありません」

コゲツはそう言って、尻もちをついたままのわたしを引っ張り上げてくれた。

「別荘に戻ったら、お風呂に入らないと風邪をひいてしまいそうですね」

「あ、うん。あの、コゲツ……」

素顔を晒(さら)しているコゲツに目を細めて見つめられ、わたしは顔が熱くなるのを感じた。

やっぱりコゲツは本当に、美形の部類なんですけど⁉　ううっ、わたしの旦那様が格好良くて胸が苦しい～っ。

「大丈夫ですか。嫁殿」

「う、うん！　大丈夫！」

わたしは顔を手で仰ぎ、目を忙しなく動かしてしまう。

コゲツが困ったような顔をして、自分の目を手で覆い隠した。

「やはり、私の目は不快でしょうか？」

「そんなことない！　コゲツの目、すごく綺麗だよ……紫陽花(あじさい)みたいで！」

わたしは、コゲツがいつも持たせてくれる紫陽花(あじさい)のハンカチを思い浮かべて、そう口にした。

けれどすぐに、二十歳過ぎの男性に紫陽花(あじさい)はなかったかな……と、コゲツを上目遣いで見る。コゲツはゆっくり手を下ろして、眉尻を少しだけ下げて笑った。

「嫁殿は、変わらないな」

嬉しそうなコゲツに、心臓の上のほうがキュンと痛くなる。

ああ、やっぱりコゲツのことが好きで困ってしまう。

わたしの好きな気持ちが、コゲツに届けばいいのに……

一昼夜明け、あれからどうなったのかと言えば……影蔵家は離散した。

残ったのは、屋敷の残骸だけ。影蔵の人達の富は全て虚像のようなもので、座敷童と一族の少女の犠牲の上に胡坐をかいていたツケが、回ったのだろう。

勤める会社が倒産した。カードが利用停止になった。あそこにいた人達全員に、一斉にそんな連絡が届いたらしい。阿鼻叫喚の地獄絵図だろう……。しかも、死んだ時には火車が迎えに来るというのだから、この世も地獄ならあの世も地獄。影蔵家は今までの罪を清算しなくてはいけない。

「雨、止んだね」

今回の騒動を見守るように一晩降り続いた雨が止んだ。

影蔵の屋敷の前で事後処理を見守るコゲツと並んで、わたしは夏らしい陽気な天気を仰ぐ。

コゲツはまた顔半分を白い布で隠して、いつも通りの姿だ。術者にとって素顔を妖に見られることは危険なことだと言っていたし、仕方がないのだろう。

せっかくの素顔を隠してしまうのは残念ではあるけれど、勿体ないとは思うけど。コゲツの表情はだいぶ読み取れるようになったから、不自由はない。ただ、

「嫁殿。もうそろそろ事後処理も終わりますし、どこかに行きますか？」

「んーっ。行きたいけど、千佳にバレたら怒られそう」

実は千佳は回復術式のマスターを課されて、今朝は別荘から出てこられないのである。お目付け役は天草先生だ。

もしかすると、天草先生と二人でいる時間を長引かせたくて、千佳は時間をかけているのかも。コゲツが知ったら怒りそうなので、そこはお口にチャックだ。

「大丈夫ですよ。冷たいものでも食べに行きましょう。千佳と天草にはお土産に何か買って帰れば、文句はないでしょうしね」

「それなら……うん。行こうか！」

コゲツがわたしに手を伸ばし、いわゆる恋人繋ぎで握られる。

うーっ、ドキドキしてきた。

夫婦なんだから別に気にすることではないと思うけれど、他の誰かと交際経験がないままに嫁入りしたわたしには、こういうことに恥ずかしさもある。

「一様、玉枝がありました」

コゲツの一族に与する事後処理班の黒服の人達が、土にまみれた金の玉が付いた小さな枝を持ってきた。屋敷の残骸の下に埋まっていたようだ。

コゲツが確認した後、黒服の人達が金の玉枝を木箱にしまい込む。

「それは本物のようですから、厳重に封印しておいてください」

「わかりました。では、我々はこれで」

「ご苦労様です」

黒服の人達はコゲツに会釈して、撤収していった。

座敷童を呼び寄せるためのもの。それが金の宝珠、玉枝。

「コゲツ。結局、あの鬼童子は……影蔵の犠牲になった子供なんだよね？」

「あの少女が可哀想だと、言いたそうですね」

「だって、あの子に罪はないんじゃないかな？」

コゲツは手を繋いだまま、もう片方の手でわたしの頭を撫でる。子ども扱いされている気がしないでもないけれど、コゲツなりの気遣いだろうか？

わたしは少しだけあの子に同情しただけで、そこまで悲しみに沈んでいる訳ではない。

「彼女は、影蔵ミオ。影蔵家の当主の末の娘で、生まれつき病弱でした。どうせ短い命なら少しでも役に立てと、座敷童を食べ、この世に縛り付けられたようです」

「でもさ、コゲツ。ミオはあのお婆さんに屋敷に縛り付けられていたけど、あのお婆さんも死期が近かったのでしょう？　影蔵の人達は、ミオ以外の子供を用意しなかったのかな？」

「用意はしても、我が子可愛さに踏ん切りがつかなかったのでしょう」

確かに、自分の子供を犠牲にしてまで富を得ようとする親は人でなしだ。影蔵の人達もそこまで腐っていなくて良かったと思う。

でも、ミオの母親であるあの当主のお婆さんは……病弱な娘の命を長らえさせたい思いで、こんな事態を招いたのではないだろうか。そう思うと、もの悲しくもある。

「ねえ、コゲツ。最後にもう一つだけ質問」

「なんでしょうか？」

「コゲツの目を見て、ミオは酷く怯えていたけれど……その目は何か特別なの？」

「……ただ、祓いの力が強い目、というだけです」

少しの沈黙が言い辛いことを聞いてしまったのかなと少しだけ反省する。

だけど、わたしは自分の気持ちを口にした。

「そっか。でもね、たまには素顔を見せてね？　わたしはコゲツの目、好きだよ」

えへへっと笑って、コゲツと繋いだ手にギュッと力を込める。

あまりの反応のなさに隣を見上げると、コゲツの耳が赤くなっていた。

「嫁殿、それは不意打ちすぎます……」

わたしの好きという気持ちが少しは伝わったかな？　と微笑む。

一緒に歩き出したわたし達の後ろで、小さく子猫の声がした。振り向くと、黒い子猫がのんびりと玉砂利の上を歩き、わたしの脚に頭をすり寄せる。

「わぁ、火車って柔らかいね。触ってもいいの？」

「自分からすり寄ってきたのですから、問題ないと思いますよ」

「わーい。子猫、可愛い～っ」

わたしは嬉々として手を伸ばしたけれど、火車にするりとかわされた。付いてこいというように屋敷のほうへ歩き出し、少ししてわたし達を振り向く。

コゲツと顔を見合わせてから追いかけると、火車が「にゃあ」と小さく鳴いて立ち止まった。そこには、昨日の雨でぬかるんだ泥にまみれた小刀が落ちている。

「『烏帽子喰い』ですね」

わたしが拾い上げたそれを、コゲツが式神に持たせてどこかへ飛ばした。

「どこに持っていったの？」

「一（ほし）家の蔵です。先ほどの玉枝と一緒に保管します」

「ふぅーん」

「……嫁殿はあまり興味がないようですね」

「難しいことは分からないし、今までこうした非日常的なことには関わらずに生きてきたからね。今わたしの興味を引いてるのは、この可愛い子猫だよ」

物騒なものより、可愛い動物のほうが優先だ。

火車に手を伸ばすと、今度は手のひらに頭をすり付けてくれた。柔らかい。しかし、すぐに離れて、そのまま空へのんびり駆け上がって消えてしまった。

「あー……抱っこしたかったのに」

「嫁殿に抱っこされたら、流石（さすが）に火車が普通の猫になってしまいそうですね」

「そうかな？」

「嫁殿の能力は、妖（あやかし）にとってはどう作用するか分からないですからね」

「火車……触りたかった」

コゲツがクスッと笑い、わたしは眉間にしわを寄せて片頬を膨らませる。

「嫁殿、機嫌を直してください。冷たいものを食べに行きましょう。デートですよ」

「デート⁉」

その一言で、火車のことも小刀のことも、頭からポンッと抜け落ちる。

だって、仕方がないじゃない。わたしだって夏休みにデートに出かけたり、好きな人と一緒に過ごしてみたいお年頃なのだから。

コゲツに手を引かれて歩くわたしは、きっと今だけは『普通』の女子高生の夏休みを満喫しているに違いなかった。

第三章　神降ろし

霧がかかった山道を、白無垢(しろむく)の花嫁が神輿(みこし)に乗せられ進んでいく。

花嫁の手の甲に、ぽたりと涙の滴が落ちる。

花嫁の手は小さく震えていた。

朱色の鳥居が並ぶ参道を進む。いくつもの鳥居の下をくぐり、大きな注連縄(しめなわ)が巻き付いた巨木の前で、神輿(みこし)が地面に下ろされた。神輿(みこし)を担いでいた人々は波が引くように、足早に元来た道を帰っていく。

その場には花嫁だけが残された。

花嫁は神輿(みこし)の上に座ったまま、小刻みに震えていた。言葉を呑み込んで、自分の手を強く握り、耐えている。

自分がここから逃げ出すことは許されないのだと。

自分が一人、犠牲になればいいだけのことだと。

自分が『贄(にえ)』として選ばれたのだから、責任を全うしなければ。

これで一族が、人々が救われるのなら、自分の犠牲は無駄ではない――

(これは、夢……だよね？)

夢だからなのか、花嫁の気持ちがわたしに流れ込んでくる。

「怖い……」

小さく花嫁が呟き、着物を握り締めた。

ざあざあと木々が大きく揺れ、ぎしりと注連縄(しめなわ)が軋(きし)む音がした。

巨木の中から白い着物の男性が現れ、花嫁を見下ろす。その目はコゲツと同じように、紫陽花(あじさい)の彩色をしていた。

花嫁が口を開く。

「……様」

ざあ、と風が大きく騒(ざわ)めき、その言葉を聞き取ることはできなかった。

ざわざわと葉擦れの音が強くなり――わたしは肌のヒリつく痛みに目を開けた。呆然と正面を見つめ、縁側に寝転んでいるのだと気付く。

「ゆめ……。あっ、あああっ！」

夢から現実に戻ったわたしは大きな声をあげ、部屋の中に走り込んだ。

向かう先は浴室。姿見を覗き込んで、わたしは再び悲鳴をあげた。

うら若き乙女の柔肌が……日焼けで赤くなっている！　しかも、蚊に吸われたようで、所々ふっくらと盛り上がっていた。

一番の問題は……

「明日から、二学期なのにぃ！」

これである。

「……で、嫁殿はキュウリを使って日焼けをどうにかしようと？」

「ううっ、分かっているなら、わざわざ言わないで～っ」

「いやはや、嫁殿が可愛らしいことをしているなと、思いまして」

ククッと笑うコゲツに、わたしは半泣きになりながら、薄切りにしたキュウリをおでこに載せる。

しかし、貼ったそばから、苦笑いを浮かべたコゲツが剥がしてしまう。

「あーん。それ返してー」

「嫁殿、キュウリにはソラレンが含まれていますので、紫外線を浴びると肌に変化を起こしシミの原因になりますよ」

「えっ！　何それ！　怖いッ！」

「ええ。ですから、キュウリは食べるだけにしましょうね」

大人しくキュウリを剥がし、ひんひん泣きながら居間に戻ると、コゲツが氷水で冷やしたタオルを顔や手足にかけてくれた。

わたしが肌を冷ましている間に、コゲツが夕飯の支度を始める。

台所から良い香りが漂ってきた。今日の夕飯は何かなー？　と、楽しみである。

二十分ほどして、ちゃぶ台の上には美味しそうな食事が並んだ。アボカドを半分に切って、種の窪みに卵を入れたオーブン焼き。鮭と白菜の豆乳煮込みに、トマトと豆腐のサラダ、大豆とウインナーのコンソメスープ。

「肌に良いものにしましたよ」

「ありがとう。明日には肌の赤みが引いているといいんだけど……」

自分のドジさに泣きたいものもあるけれど、美味しそうなメニューを前に、顔は緩んでしまう。

お肌にいいものというチョイスが、コゲツの思いやりに溢れていて嬉しい。それに何より、とっても美味しいのだ。

オーブンで焼いたアボカドとトロトロの卵。黒コショウとハーブ塩だけの味付けなのに濃厚な深みがある気がするのは、アボカドの滑らかな食感のおかげだろうか。鮭と白菜の豆乳煮込みは、ほんのりとお味噌の味がしてコクがある。

「美味しくてお肌にもいいとか、素晴らしいね」

「嫁殿が喜んでくれて、何よりです。それはそうと、なぜあんな場所で寝ていたんです？」

「コゲツがお昼に出ていった後に、天気も良かったから縁側に座布団を干していたの。そうしたら……まぁ、風が心地よくて、つい……」

「つい、寝てしまったのですね」

コゲツの肩が小さく落ちるが、口元は「仕方ないな」というように笑っている。

相変わらず、家の中でも顔の上半分を隠しているのだ。コゲツの素顔はとても目の保養になるので、家の中ぐらいは素顔でいればいいのになぁ。

「なんです？　嫁殿……何か良からぬことを考えていないでしょうね？」

「良からぬことって、もう。わたしを千佳と一緒にしているでしょ」

「そうですね。夏休みに嫁殿と千佳を二人セットにすると、すぐフラフラと出歩いていましたからね。どちらが提案したのかは分かりませんが」

「だって、宿題は感想文だけだし、別荘から戻ったらやることがなかったんだもの」

千佳と街に遊びに行って帰りが遅くなり、帰宅後コゲツに怒られたのは記憶に新しい。夏休みをほぼ別荘で過ごし、この家に帰ってきたのは三日前だけれど、その三日間がとんでもなく暇だったのだ。

暇を持て余した若人（わこうど）には、山と海の別荘より都会で遊ぶほうが楽しいもの。時間を忘れて、ちょっと遊びすぎてしまったのよね。

スマートフォンで色々と調べながら遊び回っていたら、充電が切れてしまって……帰宅が遅い上に連絡もつかなかったから、コゲツに雷を落とされた訳だ。

「少し家に帰るのが遅かったからって、コゲツは心配性なんだから」

「妻の心配をするのは、当たり前だと思いますが？」

「うう……っ」

いつもは嫁殿呼びなのに妻と言われてしまうと、気恥ずかしさと嬉しい気持ちでそれ以上の言葉が出てこなくなってしまう。

「まぁ、それはとにかく。今日は早めに寝て、明日の学校に備えてください。睡眠も肌に効きますからね」

「はーい」

コゲツに口で勝つのはまだ無理なようだ。このまま仲良く暮らしていたら、そのうちわたしにも勝機があるだろうか？

コゲツを見ていたら微笑んでくれて、わたしも同じように笑顔を返す。

毎日好きな人と一緒というのは、心臓に悪いこともあるけど、幸せでもある。

……そういえば、夢で見た見知らぬ花嫁と巨木、それとコゲツと同じ紫陽花色の目の人はなんだったのだろう？

夏休みが終わり、新学期。

二学期の初めからいきなり中間テストの存在を知らされ、千佳とわたしは仲良く悲鳴をあげていた。

「夏休みが終わって一週間後にテストって何⁉」

「もう駄目だぁー……夏休みに宿題がない訳だよ。ミカサぁ、なんとかしてぇ〜」

「できるなら、テストなんてこの世からなくなってるってば」

さめざめと泣くわたし達を尻目に、コゲツはテスト範囲に必要な教科書をちゃぶ台の上に積み重ねていた。

「待って！　師匠、それをどうする気ですか！」

「どうするもこうするも、勉強させるに決まっているでしょう？　嫁殿はともかく、千佳。貴女(あなた)は大学へ進学すると伺っていますから、しっかり勉強してください」

「うぎゃ〜。それはお母さんの考えです！　あたしの意志じゃないですからね！」

身を乗り出して抗議する千佳を、やめなさいと宥(なだ)める。

「千佳のお母さんからのお願いなんだから、仕方ないでしょう？　修行は構わないけど、千佳の学力が下がるのは駄目って言われたのよ」

「本当にー。えー、やだぁ〜。勉強したくなぁーい」

教科書を器用に避けて突っ伏し、むくれた顔をする千佳の頭をポンポンと叩く。

コゲツは教科書をパラパラとめくり、蛍光ペンでチェックを入れていた。さすが年上というか、コゲツがチェックした場所はテストに出やすいから大助かりである。

「とりあえず、これができたらおやつを出してあげましょう」

「わーい。千佳、ご褒美のために頑張ろう、ねっ？」

「師匠みたいに、祓い屋仕事で生きていくからいいよぅ」

「バカを言っていないで、しっかり勉学に勤しむこと。でなければ、中間テストが終わるまで出入り禁止にしますよ」

それだけ言うと、コゲツは台所へ姿を消した。

千佳はまだムスッとしているけど、それで中間テストから逃れられる訳でもない。のっそりと教科書に手を伸ばして、渋々勉強の準備を始めた。

わたしもノートを開き、一学期に習った箇所を、コゲツのチェックと照らし合わせる。

「……こんなところ習ったかなぁ？　って、教科書を開くと必ず思うけど、ノートに書いてあるってことは、授業で習ったってことだよね」

「夏休みが楽しすぎて、その前の記憶が遥か彼方にいっちゃったよね」

それにはわたしも同意せざるを得ない。楽しい夏休みの日々が懐かしい……

しかし中間テストの後は一ヵ月の準備期間を経て、文化祭が始まる。高校の文化祭は中学の時と違って、色々と規模が違うはずだ。中学の文化祭は合唱や演劇、切り絵の展示ばかりで、さして面白いものではなかった。

模擬店などはなかったし、今からどんな催(もよお)しになるのか、楽しみで仕方がない。

「はぁー……中間テスト、早く終わらないかなぁ」

「ミカサ、始まる前から何言ってるの」

「だって、文化祭が楽しそうなんだもの」

「あー。分かる。文化祭は色々見て回ろうね！」

「うんうん。楽しみだよねー」

千佳と手を取り合って「きゃー」とはしゃいでいると、台所にいるはずのコゲツから「勉強」と声がかかって、その後は大人しくテスト勉強をした。

二時間ほど頑張っておやつを頬張り、千佳を家に送り届けたわたしとコゲツは、二人で夜の街を歩く。

「今日は、外食にでもしますか？」

「やった！　でも、コゲツ何か作ってなかった？」

「アロエのゼリーを作っていました。まだ冷たいものが食べたい気温ですからね」

「アロエゼリー？　アロエってサボテンみたいな、あのアロエ？」

頷（うなず）くコゲツは、簡単にアロエゼリーの作り方を教えてくれた。

アロエの皮を剥いて一口大に切り、二分ほどゆでたら冷やして水を切る。グラニュー糖をまぶしてなじませ、十分ほど火にかけて、レモン汁を少し入れて瓶に保存。これをぶどうジュースで作ったゼリーに入れ込んで冷やすだけなのだという。

「コゲツって、色々知ってるね」

「嫁殿に色々食べさせようと思って、料理の勉強もしましたからね」

「……それって、いつ頃からやり始めたの？」

コゲツは形のいい唇に笑みを浮かべて、「それは内緒です」と言った。

「コゲツずるい。教えて〜」

「そんなに気にするものではないでしょう」

「だって、コゲツのお料理って、半年やそこらで覚えたものじゃないでしょう？　ベテランの域にいる気がするよ？」

「やれやれ。嫁殿は、知りたがり屋さんですね」

あくまで教えてくれないコゲツと手を繋いで一緒に歩いていると、ふいに「ミカサちゃん」と誰かに呼びかけられた。振り向くと、スラリとした体を牡丹柄の着物に包んだセミショートの女性が立っている。

なんだか嬉しそうだ。

コゲツがわたしに顔を向けたので、首を左右に振った。見覚えはない。

「どちら、様ですか？」

おずおずと尋ねると、女性は口元に綺麗な指先を添えて笑みを浮かべる。

「そうね。子供の頃に会ったきりですものね。従姉のキクカよ。覚えてないかしら」

「え……キクカ、姉さん……？」

従姉を名乗る女性が頷いた。わたしは記憶の中のキクカ姉さんを呼び起こす。

旧正月に親族の女の子だけで行われた『鬼ごっこ』。あの日から会うことがなくなった仲良しのお姉さん。

子供の頃に見たキクカ姉さんの笑顔と、目の前の女性がうっすらと重なった。

「ミカサちゃん、大きくなったわね」

「あ、うん。キクカ姉さんも、お久しぶりです。あ、コゲツ。こちら、母方の親戚で従姉のキクカ姉さんだよ」

　コゲツにキクカ姉さんを紹介すると、二人とも笑みを浮かべたものの、なんだか目が笑っていないような。

「水島キクカです。いつか一さんには、ご挨拶しようと思っていました」

「そうですか。一コゲツです」

　一見和やかなやり取りだけれど、睨み合っているかのようにも感じる。

「ミカサちゃん。今度、一緒にお茶でもしましょう。昔みたいに」

「うん。また今度」

「今日は会えて良かったわ。では、お暇するわね」

　キクカ姉さんはコゲツに軽く頭を下げると、人混みに紛れていった。

「嫁殿。彼女は本当にキクカさんで合っていますか？」

「え？　うん。キクカ姉さんだよ。お母さんに送ってもらった写真を見れば、ハッキリ分かると思うよ」

「そうですか。では、家に帰ったら見せてください」

「いいけど……何か問題でもあったの？」

　少し間を置いて、コゲツはキクカ姉さんの消えた方向に顔を向けた。

どうかしたのだろうか？　まぁ、わたしもキクカ姉さんとこんな場所で会うとは思っていなかったし、写真がなければ、子供の頃のぼやけた記憶だけが頼りで、彼女が本当にキクカ姉さんなのかの判断も難しかっただろう。

「少しだけ、キクカという女性が気になっただけです」

「あー、コゲツってば、浮気でしょー」

わたしはムフフと笑って、コゲツの腕を指でつつく。

「バカを言わないでください。浮気されて喜ぶ嫁殿は、薄情ですね」

「だって、コゲツは浮気しないって、信じてるし」

「なら、冗談でも言うものではないですよ」

そう言って、コゲツがわたしの頬を左右に引っ張る。おそらく布の下では、半目でこちらを見ているだろう。

「うら若き乙女の頬を、引っ張ってはいけないと思うの！」

「まったく、嫁殿は」

ようやく頬から指を離してくれたコゲツに、痛い痛いと騒いで今度は撫でてもらった。

本日の外食は、中間テストで頭の働きが良くなるようにと、お寿司である。魚に含まれるドコサヘキサエン酸というものが、脳を活性化させるのだとか。脂の多い青魚によく含まれているらしいので、アジやブリのお寿司を中心に選んだ。

満腹で家に着いたわたしは、お風呂に入って居間に戻った時には、もう半分眠りかけていた。

「嫁殿、自分の部屋で寝なさい」

「うん……コゲツに、写真を渡しておこうと思って」

欠伸(あくび)をかみ殺しながら、『鬼ごっこ』の前に撮った写真をコゲツに手渡す。

「明日の朝、お返ししますね」

「うん……これがね、わたしで、隣がキクカちゃんなの……ふぁぁ」

目をこすって、おやすみなさいと言った辺りで記憶は途切れてしまっている。

自力で部屋に戻ったのか、コゲツが運んでくれたのか分からないけれど、翌朝は自分のベッドの中で目を覚ました。

制服に着替えて一階へ下りると、今日も朝からいい香りが台所から漂っていた。

今朝は焼き魚のようだ。朝から和食なのは嬉しいなぁと、台所に顔を出す。黒いエプロンをしたコゲツが、卵焼きをお弁当箱に入れていた。

「おはよう。コゲツ」

「ああ、おはよう。嫁殿」

コゲツが振り向くと、エプロンのポケットが膨らんでいて、もこもこと動いている。小さな「にぃー」と鳴く声がして、わたしは目を見開いた。

「子猫の声⁉」

「見ますか？」

全力でコクコクと頷く。コゲツはポケットから黒いもこもこの毛玉のような子猫を取り出し、わたしの手のひらに載せてくれた。

柔らかな毛にふてぶてしい顔……この顔には、見覚えがある。

「火車？　わたしが触って大丈夫なの？」

「今朝、庭で鳴いていたので拾いました。また生まれ変わってしまったようで、妖力もほぼありません」

「え！」

火車には、悪い人が死んだ時に地獄へ連れていくという仕事があって、わたしが触るとその仕事を放棄させてしまうから、触ってはいけないと言われていたのだ。

　嬉しさ半分、やっちゃった感半分でコゲツを見上げる。

「この状態では火車も、妖として生きるのが難しいと思います。嫁殿が世話をしてあげてください」

「うわぁ、やったー！　猫ちゃん、可愛いっ！」

　子猫の火車を両手で包んでぐるぐると回る。ぴょんぴょんと飛び跳ねて喜んでいると、危ないからと台所を追い出されてしまった。

　しばらく居間で火車に夢中になっていると、背後からやってきたコゲツに取り上げられた。わたしが悲愴な顔をすると、コゲツは少し呆れた声で言う。

「嫁殿、朝食を食べましょうね。冷めてしまいますよ」

「ううっ、ごめんなさい」

　ちゃぶ台の上で冷め始めてしまった朝食は、流石にコゲツに申し訳ない。

　朝食を食べてコゲツに火車を預け、わたしは学校へ向かった。途中で千佳と合流して今朝のことを話すと、放課後、火車を見に来るついでに、中間テストの勉強を我が家ですることになった。

「ただいまー」

千佳と一緒に家へ帰ると、いつもならば台所から顔を出して迎えてくれるはずのコゲツは留守のようだった。

「コゲツ、いないみたい」

「師匠が家にいないのも珍しいね。スマホに連絡は入ってないの?」

そういえば、そんなものもあったとカバンからスマートフォンを取り出して、電源を入れる。学校では必要な時と休み時間以外は、原則使ってはいけないことになっている。わたしは元々あまり使わないこともあり、電源を切ったまま忘れがちである。

スマートフォンにはコゲツから『仕事が入りましたので、夕飯は冷蔵庫の中のものを温めて食べてください』とメッセージが届いていた。

「コゲツ、お仕事だって」

「そっかー。じゃあ、子猫はどこかなー?」

「そうだ。火車はどこに!」

普通の子猫でないのは分かっているけれど、見た目は正真正銘手のひらサイズの子猫なのだから、心配しない訳がない。

家にあがって居間を覗き込むと、座布団の上に、丸くなって寝ている火車がいた。

「うわっ。本当に前の時より子猫だ」

「でしょ。妖力もほとんどないらしくて、わたしが触っても大丈夫なんだって」

「夏休みの時は、生まれ変わってすぐに動き回っていたのにね」

「よく分からないけど、短期間で生まれ変わり過ぎたんじゃないかな？」

火車の小さな頭を指の腹で転がし、千佳に座るように促してから台所へ向かう。お茶とおやつを用意して居間に戻った。

今日のおやつは、昨日コゲツが作ってくれたアロエのブドウゼリーだ。

「うわぁ。ナタデココほど硬くはないけど、ブドウの果肉をギュッと引き締めたような歯ごたえだね」

「うん。爽やかジューシー」

二人で小腹を満たしたところで、千佳が火車のお腹を撫で回すのをやめる。

「さて、千佳。火車はともかく、テスト勉強しようか」

「ふぇー……師匠がいないし、今日ぐらいはサボって――」

「だーめ。コゲツにバレてどやされるのは、千佳なんだよ？　また式神に追いかけられたいの？」

千佳は小さく悲鳴をあげて震えると、カバンから教科書とノートを取り出した。

夏休みの間に式神に追いかけ回されたことは、千佳に恐怖を植え付けたようだ。

千佳と一時間ほどテスト勉強をして、暗くなる前に千佳を家へ送っていく。わたし一人で夜道を歩いて帰るのは流石に怒られそうで、今日は早めに切り上げたのだ。

千佳を送り届け、家路を急いでいた時だった。

黒と白の縦縞の着物に赤い帯。

視界の端に映ったそれがわたしの注意を引き付け、目をやると、キクカ姉さんが少し離れた場所に立っている。声をかけるべきか悩みどころだ。

そうこうしている間に、向こうから声をかけられた。

「ミカサちゃん。今日は一人なの？」

「えっと、うん。友達を送った帰りだよ」

「そうなの」

会話の返答に黙っていると、キクカ姉さんが少し眉尻を下げた。

知らない人ではない……けれど、子供の頃ならともかく、それから昨日まで全く会ってなかった人だから、どう話をすればいいか分からない。

「夕ご飯は、食べたのかしら？」

「ううん。でも、コゲツが夕飯を作ってくれているから、早く帰らないと……」

作り置きだから急いで帰ることもないけれど、火車が心配なこともあり、早めに切り上げたかった。

「なら、お家まで送っていくわ」

「えっと……」

厚意を無下にするのは少し気が咎(とが)めるし、まだ日は完全に落ちていないとはいえ、辺りは暗くなってきた。送ってもらったほうが良いだろうか？

悩むわたしの手を、キクカ姉さんが取る。

「ミカサちゃんと、もう少しだけ話をしたいのよ。駄目かしら？」

「あ、いえ。駄目とかじゃ、ないです」

小さく首を傾げて悲しそうな顔をされてしまっては、断るという選択はできなかった。

「車をこの近くに停めているの」

「キクカ姉さん。着物なのに、車の運転ができるの？」

着物で運転したら着崩れてしまうのではないだろうか。

キクカ姉さんは手で口元を押さえて笑う。時間制の駐車場でワインレッドの車のドアを開けると、中からウォーキングシューズを取り出した。

「着物での車の運転はこの地域では禁止されていないけれど、下駄や草履だと危険運転になってしまう場合があるから、靴を履き替えているのよ。別の地域では、運転自体禁止されていたり、注意されることもあるけれどね」

「なるほど」

「さあ、乗って」

キクカ姉さんの車に入ると、ふわっと芳香が漂う。コゲツが纏うものとは違い、少しだけ濃い香りだった。

シートベルトを装着して助手席に深く座り込むと、キクカ姉さんも運転席に乗り込む。

「自宅は、どこら辺かしら？」

「ここから大通りに出て、信号を二つ過ぎると右側に赤い電灯が並んでいる場所があって、そこを曲がってまっすぐです」

キクカ姉さんが慣れた仕草でエンジンをかけ、ゆっくりと車が走り出す。

それほど距離はないから、この気まずい会話もすぐに終わるだろう。

「ミカサちゃん。ダッシュボードを開けてみて」

「はい。……あれ？　これ横開きだ」

ダッシュボードに手を伸ばすと、それはダッシュボードというより、小さな冷蔵庫だった。中にはジュースの缶が二本入っている。

「夕飯を奢(おご)りたかったけど、ジュースで我慢してね。好きなほうをどうぞ」

「ありがとうございます」

ミカンの缶ジュースをもらって飲み始めると、キクカ姉さんはわたしにハンカチを差し出した。

「ふふっ、さっきから言おうと思っていたのだけど、お菓子を食べたのかしら？　口元に粉が付いているから、拭いちゃいなさい」

「ええっ！　やだ。嘘、恥ずかしい」

キクカ姉さんにハンカチを借りて口元を拭きながら、羞恥で顔が熱くなる。

……あれ？　でも、おやつはコゲッが作ってくれたアロエのブドウゼリーだったはず。口元に粉なんて、付くタイミングはなかったと思う。

「ミカサちゃん。ずっと貴女に謝りたかったの。子供の時に、ミカサちゃんを置いて逃げてしまったことを。ごめんなさいね。このお詫びは、ちゃんとするからね」

「あれは、気にするほどの…………あれ……なんか、クラクラする……」

頭に重しを載せられたように、体が上手く動かない。

意識を保っていられない。

「本当に、ごめんなさいね」

意識が薄れていく中で、キクカ姉さんの謝罪が、何に対してのものなのかがいやに気になった。

ガックンと電池が切れるように頭を垂らすと、わたしは意識を手放した。

目を覚ました時、眉間がやけに重く感じた。まるで徹夜してしまった朝のような、そんな重さだ。

辺りを見回し、わたしはそこがどこかを把握した。

八畳ほどの部屋。そのうちの四畳分をコの字型に囲うように、木の杭が床から天井まで伸びている。

まるで時代劇で見るような座敷牢。

「水島家……」

なぜ、本家の水島家にいるのだろう。しかも、『反省座敷』と呼ばれる場所に……

周りを見ても誰もいない。ここは、どう頑張ったところで抜け出せない場所だから、見張りは置いていないのかもしれない。

コゲツとの結婚に向けた花嫁修業の最初の頃、わたしが逃げ出さないようにと入れられていた部屋だ。

あの頃はコゲツが結婚相手だとは思っておらず、たまたま逃げ出した先で出会ったコゲツに牢のような部屋に入れられているのだと話したのだ。その後わたしの生活環境を改善を要求してくれたのだろう。わたしはここから普通の部屋に移ることができた。

普通の生活を始めてから、お手伝いさんが『反省座敷』なのだと教えてくれた。

何か粗相をしてしまった時に、家人や雇われている人などが閉じ込められる部屋。

「なん、で……」

わたしはコゲツと結婚したし、水島家はコゲツのおかげで『巣』の中に閉じ込めている『人ならざる者』の管理をしやすくなったはずだ。

コゲツが約束を破るはずはない。

それに、わたしとの結婚を望んだのは、コゲツだ。

稀有な祓いの能力を持っているらしいわたしを手放し、ここに追いやるようなことはしないと思う。それ以外にも、コゲツはわたしを憎からず思ってくれているはずだ。でなければ、わたしみたいな平凡な女子高生と、一緒に暮らしたりはしないだろう。

だから、コゲツは関係ない。きっと。

そうなると、気になるのはキクカ姉さんだ。

ジュースに何か入っていたのだろうか？　でも、缶のプルタブを開けたのはわたしだから、細工するのは難しい。

だとしたら、怪しいのはハンカチぐらいしかない。ハンカチに何か眠らせるような薬品が浸み込ませてあったのかも？

　なんでキクカ姉さんがわたしを眠らせて、ここに連れてきたのかが分からないけれど……

「訳が分からないよ」

　部屋から唯一見える窓は木の杭の外で、自分の目で外界の様子を確かめることはできない。空は見えるけれど、もう夜になってしまっているようだ。

「今、何時ぐらいかな？　コゲツに絶対怒られるよ……」

　開口一番に『嫁殿！　小さな子でもホイホイと車に乗ったりはしませんよ！』と言われてしまうかもしれない。それを思うと、頭が痛くなりそうだ。

「はぁー……どうしよう？」

　呟いたところで、どうしようもない。

　反省座敷は布団すらない。畳の床と、トイレに繋がるドアがあるだけ。夏の名残でまだそれほど冷える訳ではないけれど、布団もないのは酷いものだ。

「スマホ、持ち歩く癖を付けておけば良かった」

　いつかも言ったようなセリフだ……。千佳を送り届けたらすぐに帰るつもりだったから、スマートフォンは居間のちゃぶ台に置いてきてしまった。これもコゲツに怒られそうな気がする。

部屋の隅で膝を抱えていると、白い何かが目の前をヒラヒラと横切った。

「え……っ、式神？」

ふわふわと動く式神を目で追う。式神は少しの間滞空し、静電気の光のようなものを発して燃え始めた。

式神が燃え尽きる前に、ゴトンッと大きな物音を立てて、畳に見慣れたスマートフォンが落ちる。拾い上げると、やはりわたしのスマートフォンだった。

式神と、家に置いてきたスマートフォン。

この二つを揃えられるのは、コゲツだけだろう。

スマートフォンの電源を入れた途端に、着信音が鳴り響いた。

「わっ！　わっ！」

スマートフォンを取り落としそうになりながらも、なんとか応答する。

『嫁殿』

耳に馴染(なじ)んだコゲツの声に、自然と心は落ち着きを取り戻した。

「コゲツ……」

『嫁殿が目を覚ましてくれて、助かりました』

「えっと……ご迷惑をおかけしたようで。でもね、わたしも何がなんだか分からなくて」

『分かっていますから、大丈夫です』

本当に分かってくれているのだろうか。コゲツだからお見通しな気もするし、嘘だとしてもきっと大丈夫だと思えてしまうのだから、不思議だ。

『それより、嫁殿。そこの中はどうなっていますか？　結界が張られていて、式神では様子がよく見えなかったのですが』

「座敷牢(ろう)って言えばいいのかな？　わたし以外は誰もいないよ」

ついでに言えば、家具も何もない。トイレがあるだけ親切という感じだろうか？

『嫁殿、窓枠には触れますか？　結界さえ壊せれば、そちらまで行けます』

「ちょっと待ってね……んーっ、ジャンプすれば、ギリギリ届くよ」

スマートフォンを服にしまい込み、格子を掴んでジャンプを試みる。

二回目で、窓枠に指先が触れた。と同時に、遠くで雷鳴の落ちた音がする。

「わっ！　もしかして、外は雨でも降っているの？」

『嫁殿。すぐに迎えに行きますから、あと少しだけ待っていてください』

「うん。分かった。気を付けてね」

電話はそれで切れてしまい、わたしは窓から夜空を見上げた。雨は降っていなさそうなのに、さっき一度落ちてから、しきりに雷の音が轟いている。

まぁ、雨が降らなくても雷が鳴ることはあるし、気にするほどでもない……とは思うのに、雷の音はだんだんと近付いてきている気がした。

「あ、何時だろう?」

スマートフォンの時計は、夜中の三時を回ったところだった。

着信履歴を見ると、コゲツと千佳が争うようにかけてきていたようだ。

「これは、後で謝らないとね」

木の格子を握り締めると、いつも水島家の人が扉として使っていた部分の枠がカタンと外れた。

そういえば、この扉の枠には鍵穴がない。

「もしかして、これも術で閉めていたとか?」

さっきコゲツが窓に触れと言っていたのも、わたしが触ると解呪されやすいからなんだろう。この格子も、同じように解呪されたみたいだ。自分の能力なのに、コントロールどころか使っているのかも分からないのが、とても難点だと思う。

高校を卒業したら、コゲツに習ってみようかな。きっと家庭に入ってしまえば、暇になると思うしね。

格子の外に出て部屋のドアに手をかける……が、流石にこっちは鍵がかかっているようで、開かなかった。

「そうそう、上手くいくものじゃないよねぇ」

コゲツが迎えに来てくれると言うし、大人しく待っていよう。

だけど、コゲツはどうやってわたしの居場所が分かったのだろうか？

スマートフォンは家に置いてきていたから、電波を使った追跡はできないだろうし、かと言って、わたしの服に追跡装置みたいなものが付いているとも思えない。

とりあえずドアの横に座っていると、外から物の壊れる音や叫ぶような声がし始めた。

「まさか、水島家の人達とひと悶着を起こしているとか……ないよね？」

嫌な予感がひしひしと湧き起こる。そっと壁際に身を寄せた。

「くそっ！　あの化け物……っ！　娘を連れてこい！」

ドアの外で声が響き、ガチャガチャと金属音が鳴った後、乱暴にドアが開いた。

「おい！　ッ娘が、いない……っ！」

「どこに行った！」

内開きの扉の死角に移動していたわたしは、見つかっていないようだ。心臓がドキドキと早鐘を打つ。自分の口を手で押さえて、そっと隙間から様子を窺った。

鬼のような形相の、がっちりとした男が立っている。もう一人はわたしの位置からでは見えない。

「捜し出せ！」

ドタドタと去っていく足音に、ホッと息を吐く。鍵は閉めていかなかった。

ドアの隙間から見えた男は水島家の当主で、名前を水島清隆という。

当主になると皆『清隆』という名前になるので、本当の名前ではないだろうけど。わたし達が名前をカタカナにするのと同じようなものだろう。この人は、三十歳になるかならないかぐらいだったと思う。

水島家はわたしの母方の血縁で、男子に恵まれない一族でもある。今の清隆さんは水島家では珍しい本家直系の男子だからこそ、当主の座に就いた……と、ここでお世話になっていた時に、本家の人達が言っていた。

花嫁修業中のわたしが反省座敷へ入れられたのも、この男の指示だ。

見つかってはいけないと、野生の勘か、わたしの第六感がそう告げている。

「とにかく、見つからないように、コゲツと合流するのが一番だよね」

伊達にここで修業させられていた訳じゃない。ちゃんと道順は覚えている。

ドアに耳を当て、傍で音がしないことを確かめてから反省座敷を抜け出した。

反省座敷の目の前の廊下を直進し、突き当たりで左に向かうと庭に出て、右へ行くと水島の屋敷のほうへ出てしまう。左へ行くしか道はない……が、左に曲がったところで人影が見えた。

「待て！」

「ひえっ！」

小さく悲鳴をあげて、わたしは来た道を走って戻る。

右側は屋敷のほうに出てしまうけど、そこに逃げ道がない訳ではない。

追われながら屋敷に繋がる廊下に出ると、真夜中だというのに屋敷中の電気が点いていて、パジャマを着た男女が慌ただしく走り回っている。わたしがお世話になったお手伝いさんも交じっていたから、皆屋敷で雇われている住み込みの人達だろう。

本家の人達は着物が普段着だし、警備の人は黒い背広を着ているので、パジャマ姿で逃げ惑うようなことはないはずだ。

「その娘を捕まえろ！」

追ってきた男がそう叫んだ。パジャマ姿の人達が押し寄せてきたけれど、わたしを捕まえることはせず、押し合いながら奥へ奥へと逃げていく。

「何？　なんなのー」

「お前達、邪魔だ！　退け！」

わたしと追ってくる男は、逃げ惑う人達を押し退けることに必死だった。

そして、人垣を抜けた時、彼らが逃げ惑っていた理由が判明する。真っ白な紙でできた式神が、両手を振り回して彼らを追っていたようだ。

「えっ？　えええぇ！」

『おっと、嫁殿。無事で何よりです』

「コゲッ！」

式神がわたしの隣を通り過ぎ、後ろから追ってきていた男に巻き付く。

『嫁殿、そのまま屋敷の外へ！』

「うん！」

後ろで男の悲鳴があがったのを無視して、わたしは屋敷の中を走る。

廊下の障子を開けて庭に飛び出し、玉石に足を取られながら、外に繋がる正門を目指した。ジャリジャリと玉石の音が響くけれど、それよりもっと、自分の息遣いと心臓の音がうるさい。

全力で走って息が苦しくなったところで、玉石の庭園が終わり、整備されたコンクリートの地面に出た。

振り返ると、着物姿の水島家の人々と、いつも通りの黒い上着にスラックス、そして白いシャツ姿のコゲツが庭に出て向かい合っている。水島家側にはキクカ姉さんもいて、清隆さんと一緒だった。

コゲツが懐（ふところ）から取り出した正方形の紙から、稲妻が放たれる。すると、水島家の人々が一斉に手で印を結び、稲妻を呼び起こしてコゲツのそれにぶつけて相殺した。

相殺はしたけれど、水島家が三人がかりなのに対して、コゲツは紙一枚。やはり、水島家の能力が衰えているということなのだろう。

「この化け物め……っ！」

「その化け物の力を借りたいと頭を下げたのは……そちらだろう？」

清隆さんの言葉にコゲツは気分を害した様子もなく、いつも通りの声色で答えた。

「貴様があの娘に目を付けた時点で気付くべきだった！　祓いの力さえあれば、貴様の手など借りずとも、水島家は衰退しない！」

怒気を孕んだ言葉の、『あの娘』とはわたしのことだろう。

……コゲツも、わたしを祓いの力だけが目当てで、求めたのだろうか。

それが気になって、コゲツに向かおうとしていた足が止まってしまった。

「ミカサちゃんを自由にしてあげて！　一家の嫁が必要なら、血縁の近いアタシで済む話でしょう！」

キクカ姉さんの言葉に、胸がチクリと痛んだ。

コゲツの口元から笑みが消える。

「私を馬鹿にするな。私は彼女に能力がなくても、妻にした。あの日、出会った時に、私が望んだ。水島も江橋の血筋も関係ない」

不機嫌な声で二人を拒絶しつつも、わたしとの出会いを語る口調は優しい。

ああ……やっぱりコゲツはわたしを選んでくれていた。

嬉しさに、わたしは彼のもとへ駆け始めた。

「コゲツ！」

「嫁殿。無事でしたか」

コゲツに駆け寄り、勢い余って抱きつくと、力強く抱き返された。

こんな時なのに、嬉しくて仕方がない。わたし達はお互いに好き合っているのだと確信できて、頬が緩んでしまう。

「あの、コゲツ……その、ごめんね？」

「謝ることはありませんよ。全ては誘拐を企てた、そこの男と女が悪いのですから」

穏やかにちくりと棘を含ませるコゲツに対し、清隆さんは鬼瓦のような顔をしている。元々怖い顔が、更に迫力を増していた。

清隆さんと目が合うと、彼は口元を吊り上げて笑う。

「江橋家の娘！　その化け物から逃げたいのだろう？　俺が力を貸してやろう」

何を言っているのだろう？　訳が分からずコゲツを見上げるが、こちらもやれやれと呆れた感じだ。

「ごめんなさい。逃げ出すのはここからであって、コゲツと逃げる……いえ、帰るので、ご心配なく」

人様の旦那様を、化け物呼ばわりは頂けない。

第一、祓い屋のコゲツに不思議な能力があるのは周知のことで、知らなかったのは、結婚する当のわたしだけだった。

一家が望む江橋家のわたしを、一族の再興のためにと、差し出したのは水島家だ。

まるで夢で見た花嫁のようだと、不意に思い出す。

あの紫陽花の瞳を持つ人と花嫁はどうなったのだろう――

わたしがふいに思い出していると、清隆さんが怒鳴るように脅してきた。

「江橋家が、どうなってもいいのか！」

「なっ……！」

頭に血が上り、言葉にできない怒りで肩が震えてしまう。

コゲツがそんなわたしの耳元で「大丈夫です」と囁き、背中を撫でる。

「嫁殿の親戚筋にあたるという理由で多少の融通を利かせていたつもりでしたが、私をこれ以上怒らせるなら、二度とこの業界にいられなくしてあげても、いいのですよ？」

まるで極悪人のようなセリフではないだろうか？　清隆さんより、コゲツのほうが危険な気がするのはなぜなのか……

コゲツが懐から（ふところ）また紙を出すと、ヒッと息を呑む声が聞こえた。周囲の人達が後退り（あとずさ）、キクカ姉さんが清隆さんに食ってかかる。

「清隆さんっ！　叔父や叔母には手を出さない約束です！」

「うるさい！　初めからお前が使えていれば、こんなことにはならなかったのだ！」

キクカ姉さんの言葉から考えるに、江橋家──わたしの実家を脅しに使ったのは清隆さんの独断のようだ。

清隆さんがキクカ姉さんを突き飛ばし、わたしは咄嗟（とっさ）に手を差し伸べた。しかし、コゲツの腕はわたしを放さなかった。

「いけません。嫁殿、彼女は死人です。嫁殿が触れれば、彼女は土塊（つちくれ）に還ります」

「死人？　だって、キクカ姉さんは……」

目の前で動いているじゃない？　そう思うのに、わたしは手を引っ込めてしまった。

「水島清隆。貴方は、反魂法に手を出しましたね。これは術者にとって禁忌の領域。許されるものではありませんよ」

「うるさい！　化け物が人間に指図するな！　お前達、『巣』の封を解いてしまえ！」

「清隆様！　それは、あまりにも……」

「水島の当主は、この私だ！　分かったら早くしろ！」

当たり散らす清隆さんに、周りの人達は戸惑いながらも手で印を結び、口々に呪文のようなものを唱え始める。

コゲツが大きく溜め息を吐いた。

「反魂法では飽き足らず、封印まで解くつもりですか。呆れたものだ」

「ハンゴンホウ……？」

首を傾げるわたしに、コゲツが簡単に説明してくれる。

「反魂法とは、死者の魂を呼び戻し、生前の姿をとらせる術です」

「でも、キクカ姉さんは、生きているじゃない？」

わたしの言葉にコゲツは首を左右に振った。

突き飛ばされ尻もちをついたままのキクカ姉さんが、わたしから目を逸らす。それは肯定を表しているようだった。

「死んだ者の肉体は腐り続ける。キクカさんの香がキツいのは、死臭を誤魔化すためのもの。我が家に火車が来たのは、キクカさんの魂を回収に行ったところを、返り討ちに遭ってしまったのでしょうね」

確かに、キクカ姉さんの車に乗った時、随分と匂いがキツかった。

そして、火車がわたし達の家に来たのが、キクカ姉さんを追っていたからだとしたら、死者がこの地で動き回ることは悪だということだ。

「どうして……」

答えが欲しかった訳ではないけれど、なぜ、どうして？　と、頭にはそれしか浮かばなかった。

キクカ姉さんは、泣き笑いのような顔でわたしを見上げる。

「子供の時、本当はアタシが一家に嫁入りするように言われていたの。でも、あの儀式でアタシは逃げ出した。小さな従妹を見捨てて、自分だけ逃げたの」

「それは子供なら、仕方がないよ。キクカ姉さんのせいじゃない」

わたしの言葉にキクカ姉さんが首を横に振り、目から涙を溢れさせる。

「違うの。うちは元々借金があって、アタシが嫁入りすれば水島家からお金がもらえるはずだった。だけどアタシは逃げ出した。困窮した我が家は、江橋家にお金の工面を頼んだの。結果……ミカサちゃんを嫁入りさせて得たお金で、アタシ達は助けられた」

初めて聞いた話に、わたしは驚き目を見開いた。

うちの両親はコゲツとの話し合いの末に、水島家に従う振りをしていただけだと思っていたのに、借金の肩代わりもしていたなんて……

「キクカ姉さん。あのね、わたしはわたしの意志で、コゲツと結婚したの。最初はね、一族のためとか色々言われて、凄く嫌だった。自分が供物のように扱われているのが悲しかった」

「だったら、どうして……」

わたしはコゲツを見上げ、腰に回された手に自分の手を重ねた。

「ここに閉じ込められていた時、コゲツがわたしに会いに来てくれて、デートに連れ出してくれた。結婚したら二人で使おうって、お茶碗を一緒に選んでくれたことが嬉しくて、わたしはコゲツと一緒にいようって決めたの。キクカ姉さんが気負うことは、何もないの」

とても単純な理由だけれど、わたしには何よりも大事な決め手だった。

だから、最後は両親も納得した上での結婚に至ったわけで、コゲツとうちの両親はちゃんと仲が良い。

それに、今はわたしは心からコゲツが好きで、恋愛真っ最中でもある。

「ミカサちゃんは、アタシを恨んでいないの？　ちゃんと幸せだったの？」

「うん。キクカ姉さんを恨んだことは一度もないよ。ちゃんと現在進行形で幸せだよ。ねっ、コゲツ」

「ええ。私が嫁殿を幸せにします。それで心残りがなくなるのでしたら、嫁殿の手を取ってください。私では、貴女(あなた)を灰にしかできませんから」

わたしが手を差し出すと、キクカ姉さんは困ったような笑顔を浮かべて、そっとこちらへ手を伸ばした。

「迷惑、かけてごめんね」

「ううん。わたしのために無茶してくれて、ありがとう。キクカ姉さん」

キクカ姉さんと手を握り合う。座り込んでいた彼女は霧のようにサラッと空気に溶け、白い骨と着物が地面に落ちた。

死んでいると分かっても、まだそこにキクカ姉さんがいる気がしてしまう。

「……嫁殿。手を」

コゲツはわたしがキクカ姉さんに触れた手を、いつもの紫陽花(あじさい)のハンカチで包み、懐(ふところ)から出した小瓶の中身を浸み込ませていく。

「死者に触れれば、不浄が付きますから。感傷に浸らせてあげられず、申し訳ないです」

「ううん。それより、これは？」

「清め塩と同じ、清水です。自然の豊かな湧き水のことです。穢(けが)れを祓(はら)うには、この水が手っ取り早いですからね。まぁ、日持ちはしないですけど」

水にも日持ちとかあるのか……。わたしには何が変わったのかも分からないけれど、コゲツが拭いてくれた手を見つめる。

コゲツは清水の浸み込んだハンカチをキクカ姉さんの骨に被せた。

「素晴らしい……浄化の力だ。その力があれば、水島家も再び栄華を手にすることができるではないか！」

それまで何も言ってこなかった清隆さんが突然興奮した声をあげる。コゲツがわたしを後ろに庇うように前に出た。

「貴方の考えには反吐が出そうです。嫁殿は、もう一家の人間だ。一家に仇をなそうとする者を、私は決して許しはしない」

——その時だった。

地面が小さく揺れ、小石が地面で踊り始める。屋敷の離れから、木材が軋んで崩れるような音が響き渡った。

「何これ、地震じゃないよね？」

「『巣』の封印が解けたようです。どのくらいの『人ならざる者』達が捕らえられていたか分かりません。嫁殿は、私から離れてはいけませんよ！」

「絶対、離れない！」

屋敷のそこかしこから、ズドンズドンと大きな足音のようなものが響いている。

自慢ではないけれど、わたしはホラーが嫌い！　多少は慣れたけれど、怖いものは怖い。

わたしには、コゲツのジャケットの裾を掴み、近付いてくる足音にビクつくことしかできない。

ふと、チリーンという鈴の音色が、清隆さんの手元で鳴った。

「化け物共！　お前達の相手はここにいるぞ！」

清隆さんは笑い声をあげながら、手に持った小さな青銅の鐘を鳴らす。

周りの人達は不安そうな顔をしているけれど、大人なのだから、自分達のしでかしたことは、最後まで責任を持ってほしい。

ズンッと地鳴りのような音を立てて、大きな口をした鬼が二体、庭に現れた。

その顔には、目がない。青白い素肌にプロレスラーのような筋肉。上半身は裸で、下半身には着物を着てはいるけれど、脚が剥き出しだ。剥き出しの皮膚部分は何やら不規則に動いている。

……よく見れば、動いていると思った物は瞼（まぶた）で、瞬きを繰り返していた。いくつもの目が体中に付いていて、それぞれがバラバラに瞬きをしているのだ。

頭には瘤（こぶ）のような角（つの）が生えている。

一番怖いのは、体の大きさが優に四メートル以上はありそうなことだろうか。

それが二体もいるのだ。

「百目鬼(とどめき)……厄介な鬼を『巣』に放り込んでいたものだ」

「ドドメキ？　トキメキ？　よく分からないけど、なんとかなりそう？」

「体にいくつもの目を持つ『人ならざる者』です。あらゆる角度から人の動きを読むので、好ましい相手ではありませんね」

好ましい相手なんているのだろうか？　と、こんな時なのにズレた疑問が浮かんでしまうけれど、恐怖で涙目になりそうだ。

妖怪大戦争でもしようというのか……。ううっ、勝てる気が全然しない。

「化け物の相手は、化け物がすればいい！」

清隆さんは相変わらず頭のネジが外れたような興奮状態で、地面に青銅の鐘を叩きつけると、それを足で踏み潰した。

「コゲツ、あの人何をしているの」

「あれで百目鬼をこちらへ呼び寄せていたようです。『人ならざる者』を『巣』へ閉じ込める時に使う道具ですが、ああなってしまっては『巣』へ戻すことはできませんね」

「どうするの？」

「まずは……逃げますよ！」

コゲツに抱き上げられ、走り出す。それと同時に、ドンッと轟音が響いて、百目鬼の拳がわたし達が立っていた地面にめり込んだ。

「我らを封じた術者はどこだ！」

「捻り潰してやる！」

お正月の獅子舞いが歯をカチカチ鳴らすように、百目鬼達も歯を鳴らしてコゲツとわたしを追ってくる。

「なんで追われるの！　清隆さんを狙えばいいじゃない！」

「彼等は術者の匂いを追っていますから、私の匂いのほうが彼よりも術者らしいのでしょう！」

「そんなぁ～！」

地面を蹴り跳躍したコゲツにしがみ付き、わたしは泣き声をあげる。

屋敷を囲う塀の周りを百目鬼の攻撃をかわして走りながら、コゲツはたまに懐から何かをばら撒いていた。

そうしている間に『巣』にまだ残っていた『人ならざる者』が出てきたのか、水島家の人達が襲われて、庭はいつの間にか乱戦状態になっている。関係のないお手伝いさん達はコゲツの式神に反省座敷へ追いやられたようだから、多分安全だろう。

ここまでコゲツの計算だったら怖いような、コゲツならあり得そうな気もしてしまう。

だいぶ逃げ回り、大きな屋敷を一周以上ぐるりとした頃に、コゲツが足を止めた。

「嫁殿、そろそろ準備完了です」

「え？」

地面に下ろされたわたしを背に、コゲツが呪文を唱え始める。

「私の声に応じよ。お前達のあるべき場所へ、縁の深き場所へ誘おう。声に応じないのであれば、再び封じる。私の声に応えよ」

屋敷の庭中に静かで優しいコゲツの声が響く。

逃げている最中にコゲツが撒いていたのは、拡声器のようなものだったのだろう。

「帰る……家に、帰る……」

「帰りたい」

「こんな場所は、もう嫌だ」

敷地のあちこちに散らばる『人ならざる者』達の声もまた、拡声器に拾われて聞こえてくる。

コゲツがスマートフォンでどこかへ連絡すると、塀の外でテンテロリンとこの場には似つかわしくない着信音が鳴った。それとほぼ同時に、わたし達のすぐ背後、屋敷の外で赤い稲妻が打ちあがる。

非常に見覚えのあるあの赤い稲妻は……千住のものだ。

「赤い光が見えたなら、そこを目指せ」

コゲツの声に、『人ならざる者』達は応じるだろうか？

百目鬼二体はわたし達を追うのをやめ、目のない顔を突き合わせて何かを話し合っている。その間に、コゲツの前には『人ならざる者』達の列ができていた。

それなりの数の『人ならざる者』が閉じ込められていたらしいことに、少々驚きだ。

「帰れますか？」

「ああ。私の手を握れ、道を示そう」

数珠を握るコゲツの手に手を置いた『人ならざる者』が、すぅと空に吸い込まれるように消えていく。

コゲツが一人一人に応じている間に、気付くと千佳と天草先生が塀の上に立っていた。外からよじ登ったようだ。

「ミカサ〜ッ。心配したよう」

「千佳、心配させてごめんね。天草先生も」

千佳が塀から飛び降りてわたしに抱きつき、二人で抱き合って再会を喜び合う。

「ミカサのせいで、あたしは寝不足だよー」

「うわー、本当にごめんね」

帰って仮眠をとって、起きたらケーキでも奢ってお詫びをしよう。

コゲツにも、天草先生にもお礼と感謝をしなければ。

「随分いなくなったね」

そう言われて目を向けると、あんなに列をなしていた『人ならざる者』達は、もう三人しかいない。

一人は着物を着た赤毛の小さな少年、手には笊を持っている。

そして残るは、百目鬼二体だ。

「お前は残るのか？」

「おいらは、この時代で自由に生きたい。小豆の美味い場所も知りたいし」

「そうか。ならば、そこの塀の男に少しの間、世話になるといい。きっと、お前の気に入る小豆の名産地を教えてくれるだろう」

あの男の子は小豆洗いなんだろうか？　イメージより随分若い……というか幼い。小豆洗いというより、小豆小僧だ。

その子はコゲツに頭を撫でられると、すっと消えた。かと思えば、塀の上で天草先生に挨拶をしている。

害はなさそうだし、大丈夫かな？

「さて、最後はお前達だが……どうする？」

「我々は、お礼がしたい！　しかし、復讐もしたい！　あの狭い場所で幼子が壊れるのを何度も見た。あの地獄はもう見たくない」

「よって、我々は契約がしたい！　幼子が苦しまないよう、手を貸すがいい！」

先ほどまで、鬼の形相……いや、鬼だけど、凄い顔つきで追いかけ回してきていたのに、こんな短い時間でどんな心変わりがあったのだろう？

コゲツも戸惑っているのか、小さく首が傾いた。

「『巣』は壊れたから、もう幼子が苦しむことはないと思うが？」

百目鬼達は互いに顔を見合わせ、わたしを指さす。

「幼子がおるではないか。我らの仲間を、あの場所から解き放ってくれた」

「我々は、この幼子を助けたい」

幼子って……わたしは高校生なんだけどなぁ……

コゲツも少し困っているのか、珍しく言葉に詰まって頬をかいている。

「嫁殿は、私がちゃんとこれからも助けていくので、お前達は安心して帰りなさい」

ゴホンッと咳払いして、コゲツがわたしの腰を引き寄せた。

なんだか百目鬼の二人は意外と良い人そうだ。きっと大人しく帰ってくれるだろう。

これで家に帰れるかな？　と、安堵していた時だった。

「うぁ？」

百目鬼の一人が変な声をあげて、グラッと巨体が揺らす。

ずしゃりと膝からくずおれた百目鬼の背中には、小刀が刺さっていた。

「兄者！」

「一体、どこから……」

わたし達の目に映ったのは、こちらに背を向けて走る清隆さんだった。

乱戦の間に見失っていたけれど、わたし達が相手にしなければいけなかった一番の人物は、この水島清隆だ。

「うぐぁぁぁ！　痛い、背中が焼ける！」

「こんなもの、すぐに抜いてやるからな！　しばしの辛抱だ、兄者！」

地面に倒れて暴れ出した百目鬼の体をもう片方の百目鬼が押さえつけて、背中の小刀を抜こうとする。しかし、小刀の刺さった背中の肉が、木の根が張ったような変な形に盛り上がり始めた。

「これは……、呪いが混じっていますね」

「呪い？　コゲツ、大丈夫なの？」

「どんな呪いをかけたのかが分かれば、解呪もできるのですが……」

清隆さんに聞く……のは、無理そうな気がする。

だって、心底意地の悪い人間だから、素直に教えてくれるかどうか。

「ははは！　それは蠱毒(こどく)を使った呪いだ！　解呪してほしければ、そこの化け物を殺せぇ！」

「貴様！　よくも兄者をぉぉ！」

百目鬼の弟さんは、わたし達が制止するより前に駆け出していた。

あっと思った時には、百目鬼の弟さんに殴られた清隆さんが空を舞っていた。ずべしゃと重い音を立てて地面に転がった清隆さんは気を失っていて、呪いの解き方を聞けるような状態ではなかった。

百目鬼の弟さんは大きな体を小さく縮めて、コゲツになんとかならないかと泣き付いている。清隆さんはイラッとさせるタイプの人間だから、こうなっても仕方がないとわたしは思うよ。

「千佳、回復術で呪いの進行を遅らせますよ！」

「はい！　師匠！」

「天草！　清水を！」

「かしこまりました！」

コゲツの指示に、千佳と天草先生がパッと動き出す。

わたしはといえば、邪魔にならないように壁際に立って、百目鬼の弟さんに『蟲毒』について質問するだけ。

「蠱毒は、動物を使った呪術だ。最初は百匹の虫やらを同じ容器に入れ、共食いさせて、最後に残った一匹が、神の御霊になると言われていた」

「あー、だから虫が三つで蠱なのね」

地面に『蠱毒』と書いてもらい、わたしはうんうんと頷く。

「人に福と富をもたらす術式だったが、いつしか虫から動物へと変化した。動物は虫と違って憎悪の感情が強い。それゆえ、蠱毒は人を殺すほどの強力な呪いになった」

「弟さんは詳しいね」

「幼子も小さき頃にここで、蠱毒になるところであったのだぞ」

それはあの女の子だけが集められた『鬼ごっこ』のことだろうか。

あれは蠱毒を作る呪いだった？

わたしが眉間にしわを寄せて唸ると、弟さんは地面を指さした。その先には、キクカ姉さんの骨がある。

「この幼子が、蠱毒によって作られた娘だ。『巣』で作った蠱毒を壊れた体に入れ、自我を持たせる。あの娘が心に残していた傷を、蠱毒が広げたのだ」

「それじゃあ……『鬼ごっこ』の最中にいなくなった少女達は、皆最後の一人になるために戦っていた……？」

声が震えてしまう。

心の中に、怒り、悲しみ、恐怖でごちゃ混ぜの感情が渦巻くようだ。

「きゃあっ！」

千佳の悲鳴に顔を上げる。百目鬼のお兄さんの体についている目という目、全てが見開かれていた。

「目が、目が痛い！　助けてくれ！」

そう叫ぶ百目鬼のお兄さんの全身の目は、真っ赤に充血している。

「天草！　追加の清水はまだか！」

「今、お持ちしますよ！　まったく、人使いが荒いんですから！」

天草先生が水芸のように手からザブザブと水を流し、百目鬼のお兄さんに浴びせかける。百目鬼のお兄さんから湯気が立ち、痛いと叫んで暴れては、駆け寄った弟さんとコゲツに押さえつけられていた。

「『人ならざる者』には清水は沁みると思いますが、呪いを解くためです、我慢してください」

「もう駄目だ！　体中が引き裂かれそうだ！」

「兄者！　泣き言を言うな！」

弟さんの皮膚にも目が現れて、すがるような視線がいくつもコゲツへ向けられる。

わたしも同じような気持ちで、コゲツを見つめていた。

「そんな目で見ないでください。あまりやりたくないですが……仕方がないですね」

「コゲツ様。僕は離れていますね」

天草先生は、小豆小僧を連れてそそくさと離れていく。千佳はコゲツに手で追い払われて天草先生のほうへ走っていくし、わたしはどうしたらいいだろう？

「嫁殿」

「はい。わたしがやれることは、あるかな？」

「もし私が失敗したら、嫁殿に引き継いでもらいます。百目鬼の弟、しっかり押さえつけていなさい」

弟さんがお兄さんを押さえ込み、コゲツが目隠しの紐を外す。

「ヒッ！」

「ああ、百目鬼達は目を瞑っているように」

　百目鬼兄弟は大きな体を小刻みに震わせ、ぎゅっと全ての目を閉じた。

　鬼童子の時もそうだったけれど、コゲツの祓い（はら）の目は相当恐れられているようだ。

「嫁殿、私は小刀を引き抜きますが、もし蠱毒（こどく）の呪いが溢れ出したら、百目鬼に触って浄化をお願いします」

「わたしにできると思う？　自信がないよ……」

　コゲツは「嫁殿は、本番に強いタイプですから」と目を細めて笑った。百目鬼の背に突き刺さった小刀に手をかける。

「うぎゃぁぁぁ！　痛い！　痛いっ！」

「男なら、このぐらい、我慢っ、しなさいっ！」

　コゲツがお兄さんを叱咤し、眉間にしわを寄せて小刀を握り締める。

　相当抜きづらいようで、コゲツの額に汗が滲（にじ）んだ。

「コゲツ、平気？」

「抜くだけならすぐですが、蠱毒（こどく）の呪いを切り離すのに、少しだけ難航中です」

　ぽた……っと、コゲツの手に血が落ちた。

　ハッとして目線をあげると、それはコゲツの目から流れ出ている。コゲツの白目が真っ赤に染まって、涙が血の色になっていた。

「コゲツ！　目から血が出てるよ！」

「祓い（はら）の目は、穢れ（けが）を受けると傷が付きますから、本来なら物理的に干渉するものではないのですよ。『人ならざる者』を目だけで灰にする分には、なんともないのですけどね」

「コゲツが傷付くのは嫌だよ！」

呪いが小刀を通じてコゲツの手に流れていて、わたしに浄化の力があるのなら、呪いが流れ込むそばからわたしが浄化すればいい！

小刀を掴むコゲツの両手に自分の両手を重ねる。

わたしに力があるようには思えない。今こうして手を重ねても、力の流れのようなものも分からない。

でも、コゲツが傷付くのは嫌だ。

わたしに力があるなら、全部出し切っていいから助けたい。

「嫁殿……」

「大丈夫だから！　わたし、役に立たないかもしれないけど、コゲツが頑張っているのを、こうして一緒に応援するぐらいはできるよ」

「……無茶をしては、駄目ですよ。でも、嫁殿のおかげで助かりました」

そう言うや否や、お兄さんの背中からズルッと小刀が抜けた。コゲツが小刀を地面に落とす。

落ちた小刀から、黒い何かが素早く走り出した。

「あれは……」

「蠱毒は呪いです。失敗すれば、呪いをかけた術者にはね返ります」

「じゃあ……」

それは一直線に昏倒している清隆さんに向かい、襲いかかるように黒く小さな手がいくつも伸びては消えた。

あれは蠱毒に使われてしまった少女達だろうか……。一歩間違えていたら、わたしもあの中にいたのだろう。

「蠱毒を受けたら、どうなってしまうの？」

「数日、もしくは数ヶ月、期間はまちまちですが、一定期間ののち死に至ります」

「清隆さんは解呪の方法を知っているみたいだし、大丈夫……かな？」

「さて、どうでしょうね。解呪と呪い返しは、別物ですからね」

鼻で笑ったコゲツに、少し意地悪さを垣間見たけれど、清隆さんはそれだけのことをしてしまったのだから、仕方がない。

コゲツから手を離すと、わたしはポケットから取り出したハンカチを差し出した。

まだ赤い目は心配だけど、血の涙は治まっているようで、安堵した。

コゲツが涙の痕を拭き、再び布をつける。

「百目鬼達、もう目を開けて大丈夫ですよ」

「本当か？　いきなり祓われたりはしないか？」

「お望みならば、すぐに灰にしますが？」

百目鬼兄弟は半信半疑の様子でそろそろと目を開けて、コゲツの目隠し姿に胸を撫で下ろしていた。

遠巻きにしていた天草先生と千佳が戻ってきた頃には、空がうっすら明るくなり始めていた。

「ミカサ、師匠！　もう大丈夫ですか？」

「ええ。あとは無事に家に帰るだけですね。天草、あとは任せていいか？」

「はい。すでに連絡をしていますから、そろそろ処理班が来るでしょう」

千佳が大きく体を伸ばして欠伸(あくび)をする。

釣られたのか、コゲツも口元を押さえて欠伸(あくび)していた。

「コゲツ。帰ったら、ちゃんと寝てね？」

「ええ。嫁殿も寝てくださいね。登校の時間には起こしますから」

「ええ～っ。そこはお休みじゃないの？」

「それは駄目です。お義母さんから甘やかさないようにと、キツく言われていますからね」

うぐぐっ、お母さん酷い。

千佳にも笑われて、わたしはガクリと肩を落とす。

「我々は、どうすればいい？」

すっかり元気そうな百目鬼兄弟も、わたし達のすぐそばに立ち上がって並んでいる。

存在感というか、威圧感が凄(すご)い二人を見上げ、コゲツは「ふむ」と考え込む。

「そうですね。兄を『キョウ』、弟を『ダイ』と名付けて、使役しましょう。ただ、その姿では目立ちますので、何か変化(へんげ)はできますか？」

兄弟で、キョウとダイというネーミングセンスは、いかがなものか……

しかし百目鬼兄弟は満足したようで、だらしなくヘラッと笑っている。

「変化は得意だが、ここは動物辺りにしておくか。なぁ、ダイ」

「そうだな。キョウ兄者」

あ、本当に気に入ったみたいだ。

二人は体を縮ませると、見る間にふさふさのオオカミに似た動物に変化した。

「では、キョウにダイ。これからは、嫁殿を守ること。それを第一で動いてください」

「任せておけ」

「我々に任せるがいい」

二人がわたしの両隣に座り、ぱたぱたと尻尾を振る。あの迫力ある恐ろしい鬼がもふもふの動物に変化しただけで、こうも可愛く見えてしまうのだから、困ってしまう。

「さて、そろそろ帰りましょうか」

「あっ、待って」

わたしはコゲツの服を掴んで引き留める。

「どうかしましたか？」

「キクカ姉さんは、どうなるの？」

伯母さん達のもとへ返してもらえるのだろうかと、気になってしまったのだ。

「丁重に親元へ戻されると思います。本来、彼女は二週間前に亡くなっています」

「二週間前……」

「夏休みの間に葬儀も終わっています。嫁殿のお義母さんに話を聞きに行った時に伺いました。嫁殿の耳に借金の話が入ってはいけないと判断されたようで、葬儀に呼ばれなかったそうです」

「もしかして、コゲツが仕事でいなかったのは、お母さんに会いに行っていたからなの？」

コゲツは胸ポケットから『鬼ごっこ』の時の写真を出す。

「ここに写るキクカさんに、呪詛（じゅそ）が混じっていたことが気になりました。それに嫁殿の子供の頃にあった記憶と齟齬（そご）がないよう、お義母さんの話を聞くべきだと思ったのです」

確かに、わたしの記憶は夢で見たものだけだ。写真に写っている鬼役の人は夢にはおらず、曖昧(あいまい)なところもあった。

「お義母さん達も詳しい説明を受けないまま嫁殿を『鬼ごっこ』に参加させたそうです。他の子供達には鬼に追われるという説明があったようですが」

「まぁ、鬼ごっこだしね？　説明がなくても平気だったのかなって思うけど」

のんびりとした両親のことだから、説明があっても遊び程度に捉えていたと思うし、わたしも小さかったからよく分からなかっただろう。

「普通の鬼ごっこならそれでいいのですが、『人ならざる者』を視(み)ることができず役に立たないと判断された少女達は、鬼役に回収されたと聞いています」

「でもさ、他の親御さん達から、うちの子を返せ！　って、普通は言われるんじゃないかな？」

「キクカさんの一家のように、訳ありの子供ばかりが選ばれていたようですね」

「わたしの家は特に何もないと思うけど？」

「元々キクカさんは花嫁の最有力候補で、そんな彼女と仲が良かった嫁殿にも何か近いものがあるのでは、と水島家は思ったのかもしれません。うまい理由がなかったので、お義母さん達にはただ子供達を遊ばせるだけだと伝えたんでしょう」

「うーん。わたしの知らないところで話が進んじゃうのは困る」

「嫁殿の記憶に嫌なものが残っていなくて良かったですよ」

コゲツに頭を撫でられて、それもそうなのかなと納得する。

わたしの記憶ではあの『鬼ごっこ』は普通の鬼ごっこ遊びだったという認識なのだから、いいことなのだろう。

「だけど、別に仕事だなんて言わずに、正直に話してくれても良かったのに」

「従姉（いとこ）のキクカさんが死んでいるかもしれない……と、話すのが心苦しかったのです」

「そっかぁ。気にしなくてもいいのに」

キクカ姉さんのことはほとんど覚えていないから、その時に聞いたとしても、正直なんとも思わなかっただろう。

今は、少し違うけれど。

「キクカさんのお骨は、大丈夫です」

「うん。じゃあ、帰ろっか」

コゲツと手を繋いで水島家の門を出ようとした時、前の道に黒塗りの車が数台停まった。

祓(はら)い屋の処理班と言われる人達だ。術者の見習いだそうだけど、こんな朝早くでも飛んでくるのは凄(すご)い。

彼らと入れ違うように天草先生の車に乗り込み、わたし達は家路につく。

千佳は無断で家を出てきてしまったらしく、家の前で車を降りると、部屋の窓からコソコソと帰っていった。

わたし達も家まで送り届けてもらい、天草先生に別れを告げて家に入る。

「嫁殿。手洗いうがいですよ」

「分かってますよー」

手洗いうがいは基本だからね。ちゃんとわたしも分かっているのよ。

ただね、変化(へんげ)したキョウさんとダイさんが洗面所まで後ろをついてきているのだけど、足を拭いたほうが良いのかしら？

「キョウさん、ダイさん。手と足を拭いても大丈夫？」

「構わんぞ」

「廊下を先に拭いたほうが良いのではないか？」

「確かに。ここで少し待っていてくださいね」

濡れ雑巾で洗面所から玄関まで、二人の肉球でできた足跡を拭きあげた。

コゲツは台所で何かをしていて、わたしに気付くと手招きをする。

「なーに？」

「嫁殿のお義母さんからです。寝る前に食べますか？」

容器の蓋(ふた)を開けて、中身を見せてくれる。イカと里芋の煮転がしが入っていた。

「わたしの好物！」

「起きたら、お義母さんにお礼を言いましょうね」

わたしが大きく頷(うなず)くと、コゲツが菜箸で里芋を摘まみ、口に入れてくれる。お芋の柔らかさと甘めの味付けはお母さんならではの味だ。

「美味しい～っ」

「ふふ。嫁殿の笑顔が見られるのなら、私もお義母さんに、作り方を教えてもらわなくてはいけませんね」

「えへへ。コゲツのお料理上手に、更に拍車がかかってしまうね」

でもね、この味はわたしが覚えて、コゲツに作ってあげたい。母から娘へ、江橋家お味を受け継いでいくのもいいものだと思う。

わたしもお箸を手に取って、コゲツの口へ里芋を差し出す。

「ああ、これはお酒に合いそうですね」

「お父さんと同じことを言ってるよ。お父さんはね、これに七味唐辛子をかけて、お酒と一緒に食べるの」

わたしがもう一つ食べようとお箸を伸ばしたところで、洗面所から百目鬼兄弟の悲痛な遠吠えが聞こえた。

慌てて洗面所へ戻り、二人に遅いと文句を言われながら足を綺麗に拭いて、居間へ移動する。ちゃぶ台の上には、お母さんの煮転がしと、わたしが食べられなかった夕飯が朝ご飯代わりに並んでいた。

「にぃー」

「あっ、火車〜」

火車のことをすっかり忘れていた。

騒がしくして起こしてしまったのか、ちゃぶ台の下から顔を出し、わたしの膝の上に登って丸くなってしまう。

「可愛すぎるっ。我が家に動物パラダイスができたみたいで、興奮しちゃうね」

「そうですね。でも、正体は百目鬼に火車ですよ？」

「それはこの際、そこら辺に置いておこうよ。うん」

可愛いものだけを愛でていたい。元の姿は二の次だ。

「ほら、キョウさんもダイさんも、うちのコゲツとお母さんのお料理は美味しいから、食べてみて」

二人にも小皿に料理を盛り付けて出し、今日の食卓はだいぶ賑やかだった。

食事をしながら観察していると、百目鬼の二人にもそれぞれ個性があるようだ。

キョウさんは少し偉そうだけど人情深くて、ダイさんはそんなキョウさんに弟らしく賛同もするし、心配性なのか何かと世話を焼いたりもする。

お腹を満たして、居間に敷布団を敷き、皆で雑魚寝した。お風呂に入ったわたしが二階に上がる前に居間で寝落ちしたせいだ。

困り顔のコゲツがわたしを部屋で寝かせようとしていたけれど、「家族なのだし、いいじゃない」と、丸め込みに成功した。おやすみなさい。

祓い屋〈縁〉の妻

――夢を見た。

神輿に乗っていた花嫁は、紫陽花に囲まれた屋敷にいた。

その傍らには、紫陽花の色彩を瞳に宿した男性がいて、二人仲良く笑っている。

もう、一族のために自分が犠牲になればいいのだと嘆く女性の姿はない。

幸せそうな笑顔に、わたしも自分を重ね合わせる。

わたしも、一族のためだと周りに言われて、自分を憐れんでいた。

けれど、コゲツに望まれ、自分の意志でコゲツの手を取った。

ホラーは嫌いだし、怖いのも苦手。でも、わたしはコゲツを信じている。

きっと彼は、わたしを何者からも守ってくれるだろう。

彼と私の出会いには縁があったのだ。

そして結婚したことで、縁は結ばれた。

火車や百目鬼の二人との出会いもまた縁だ。

『人ならざる者』達だけが縁ではない。

千佳が人より『人ならざる者』に近くなってしまったことも、彼女の縁。

コゲツのように、『人ならざる者』を使役することも縁だ。

人と人が出会い、別れる。これもまた縁だろう。

キクカ姉さんのような死という形での別れもある。

それでも、わたしはこれから出会うであろう人達との縁を大切にしたい。

コゲツの隣で、これから先も縁が続くように、わたしも寄り添っていこう。

幸せな紫陽花（あじさい）の色彩を宿す夫の横で笑えるように。

祓（はら）い屋〈縁（えにし）〉の妻として。

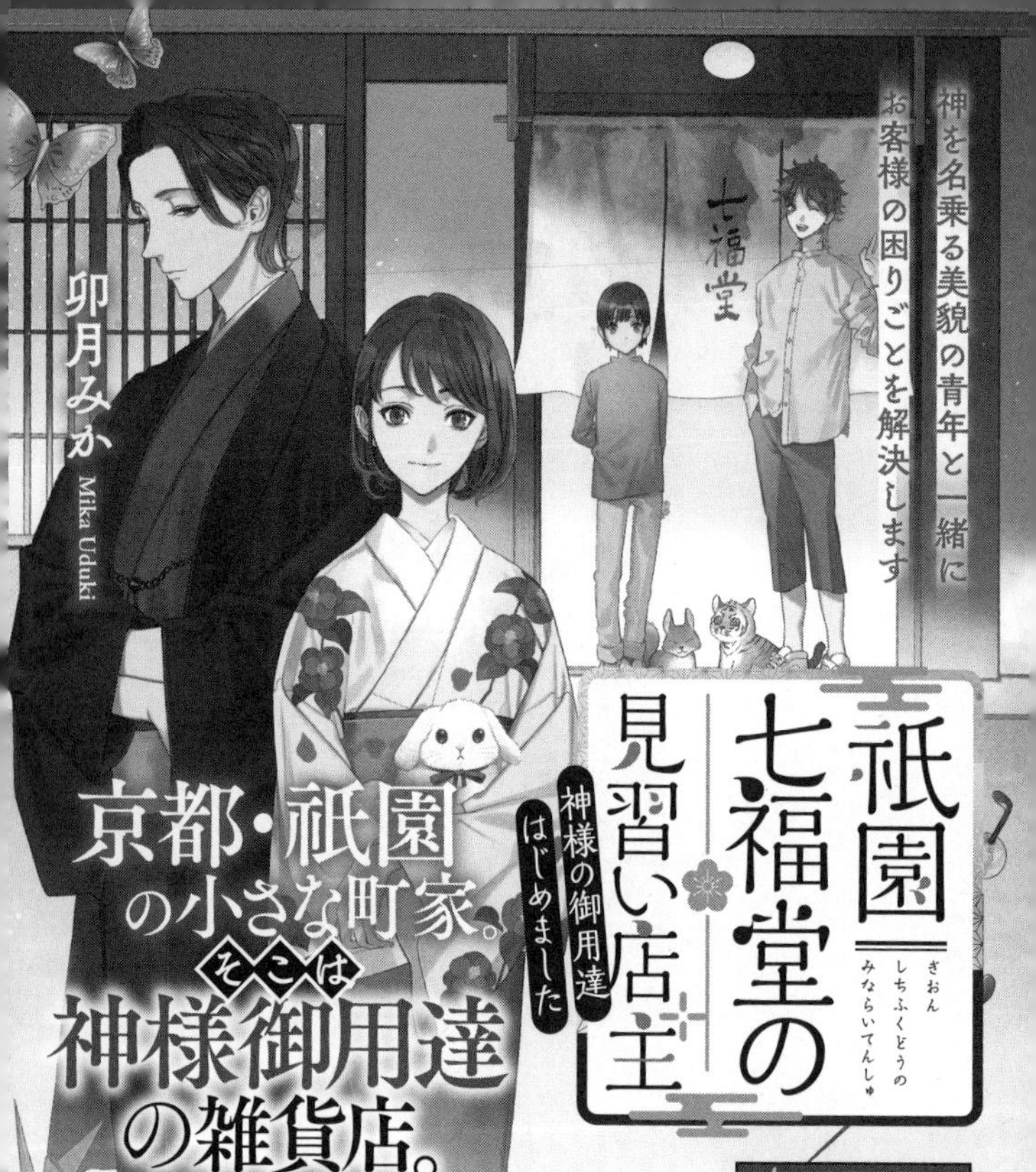

神を名乗る美貌の青年と一緒に
お客様の困りごとを解決します

卯月みか
Mika Uduki

祇園七福堂の見習い店主
ぎおんしちふくどうのみならいてんしゅ

神様の御用達はじめました

京都・祇園の小さな町家。
そこは神様御用達の雑貨店。

店長を務めていた雑貨屋が閉店となり、意気消沈していた真璃。ある夜、つい飲みすぎて居眠りし、電車を乗り過ごして終点の京都まで来てしまった。仕方なく、祇園の祖母の家を訪ねると、そこには祖母だけでなく、七福神の恵比寿を名乗る謎の青年がいた。彼は、祖母が営む和雑貨店『七福堂』を手伝っているという。隠居を考えていた祖母に頼まれ、真璃は青年とともに店を継ぐことを決意する。けれど、いざ働きはじめてみると、『七福堂』はただの和雑貨店ではないようで——

◉定価：726円（10%税込）　◉ISBN:978-4-434-30325-8

◉Illustration：睦月ムンク

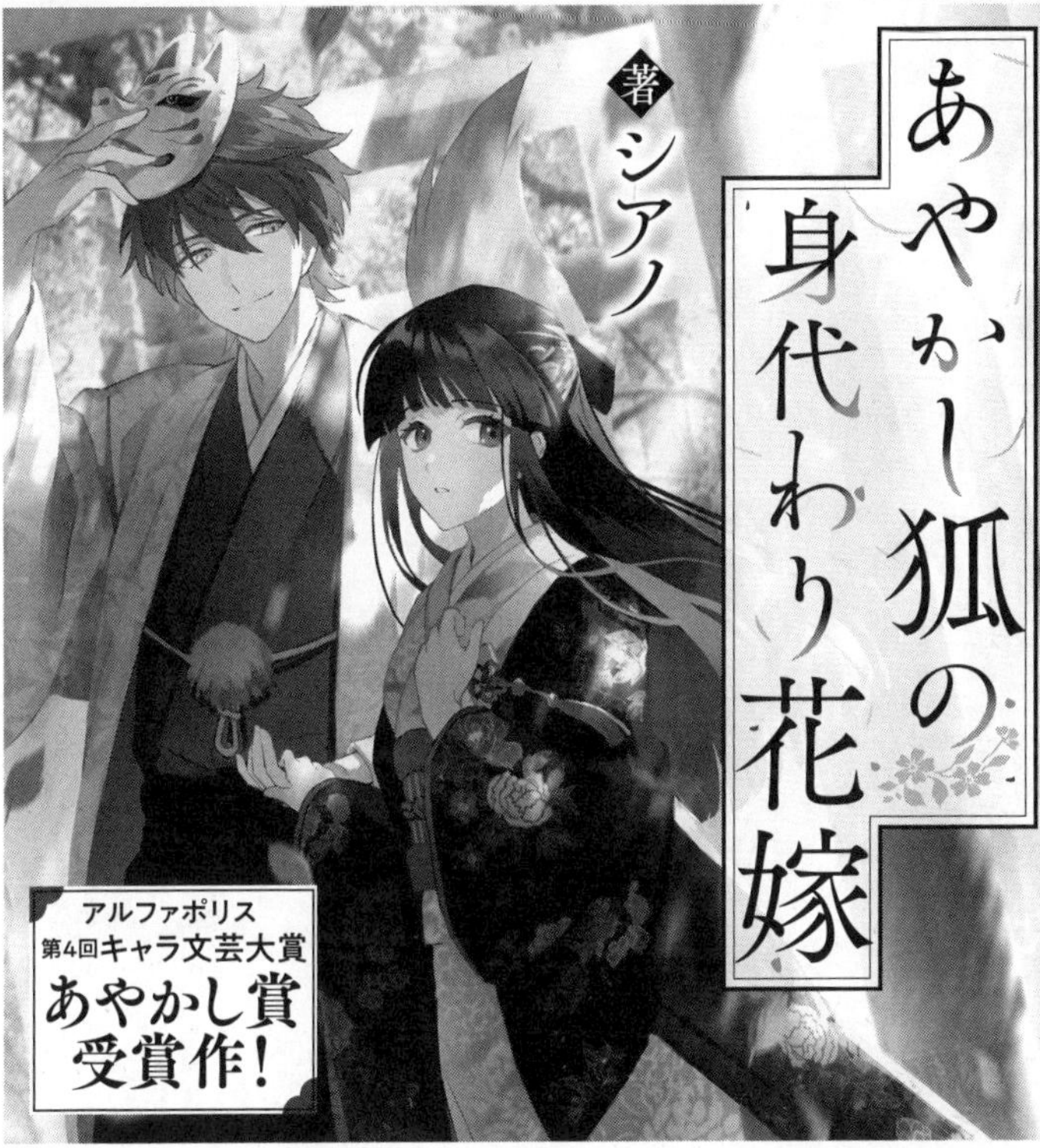

あやかし狐の身代わり花嫁

著 シアノ

アルファポリス
第4回キャラ文芸大賞
あやかし賞
受賞作!

かりそめ夫婦の
穏やかならざる新婚生活

親を亡くしたばかりの小春は、ある日、迷い込んだ黒松の林で美しい狐の嫁入りを目撃する。ところが、人間の小春を見咎めた花嫁が怒りだし、突如破談になってしまった。慌てて逃げ帰った小春だけれど、そこには厄介な親戚と――狐の花婿がいて?　尾崎玄湖と名乗った男は、借金を盾に身売りを迫る親戚から助ける代わりに、三ヶ月だけ小春に玄湖の妻のフリをするよう提案してくるが……!?　妖だらけの不思議な屋敷で、かりそめ夫婦が紡ぎ合う優しくて切ない想いの行方とは――

イラスト:ごもさわ

定価:726円(10%税込み)　ISBN 978-4-434-30217-6

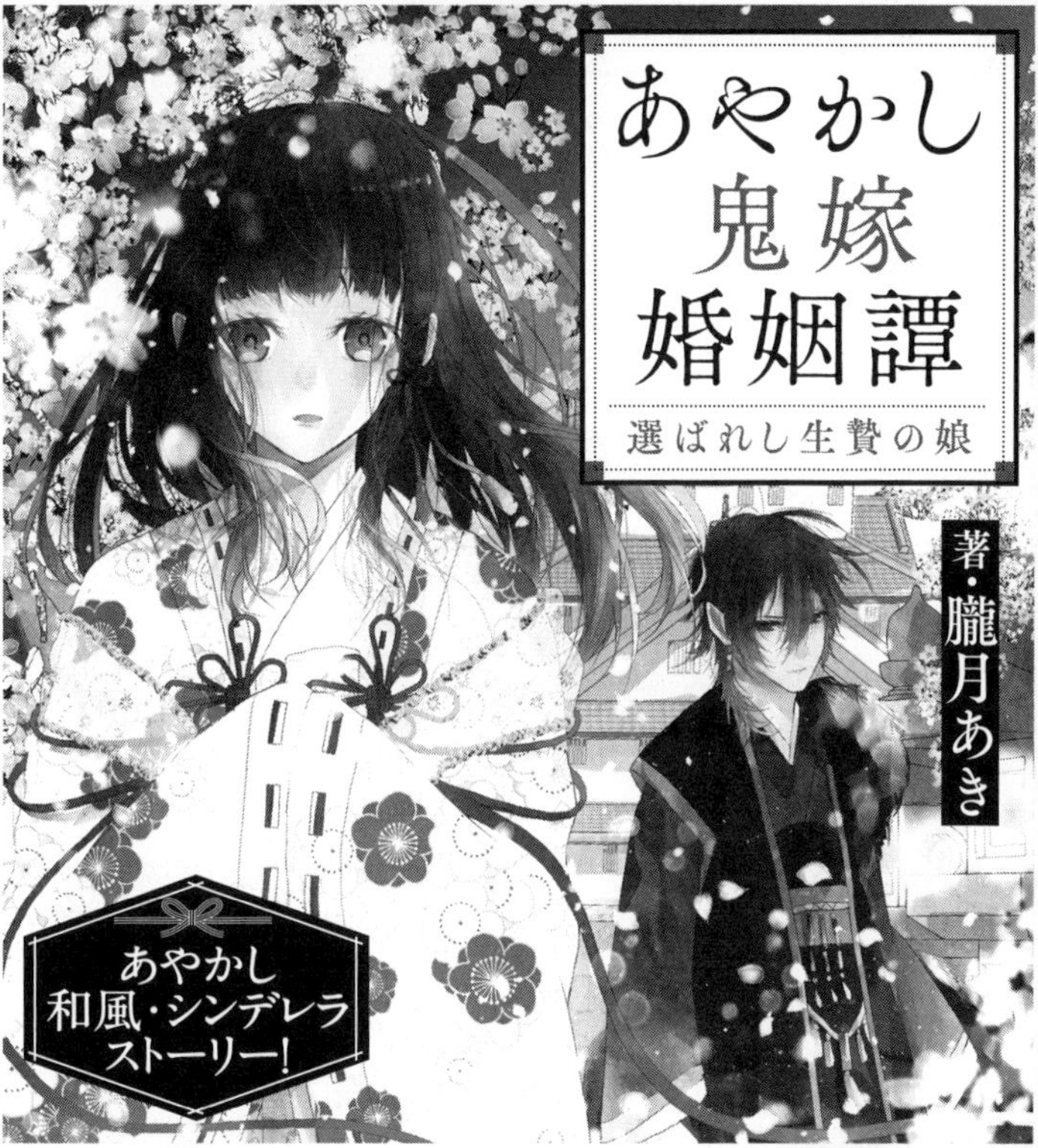

あやかし鬼嫁婚姻譚

選ばれし生贄の娘

著・朧月あき

あやかし
和風・シンデレラ
ストーリー！

生贄の娘は、
鬼に愛され華ひらく

天涯孤独で養護施設で育った里穂。ある日、名門・花菱家に養女として引き取られるも、そこで待っていたのは、周囲の皆から虐めを受ける過酷な日々だった。そして十七歳の誕生日、里穂はあやかしの「生贄」となるよう養父から告げられる。だが、絶望する里穂に、迎えに来たあやかしは告げた。里穂は「生贄」ではなく、あやかしの帝の「花嫁」になるのだと——

定価:726円（10%税込）　ISBN 978-4-434-29495-2

イラスト：セカイメグル

この作品に対する皆様のご意見・ご感想をお待ちしております。

おハガキ・お手紙は以下の宛先にお送りください。

【宛先】

〒150-6008 東京都渋谷区恵比寿4-20-3 恵比寿ｶﾞｰﾃﾞﾝﾌﾟﾚｲｽﾀﾜｰ 8F
（株）アルファポリス　書籍感想係

メールフォームでのご意見・ご感想は右のＱＲコードから、
あるいは以下のワードで検索をかけてください。

ご感想はこちらから

アルファポリス文庫

あやかし祓い屋の旦那様に嫁入りします

ろいず

2022年7月5日初版発行

編　集－堀内杏都
編集長－倉持真理
発行者－梶本雄介
発行所－株式会社アルファポリス
〒150-6008 東京都渋谷区恵比寿4-20-3 恵比寿ｶﾞｰﾃﾞﾝﾌﾟﾚｲｽﾀﾜｰ8F
TEL 03-6277-1601（営業）　03-6277-1602（編集）
URL https://www.alphapolis.co.jp/
発売元－株式会社星雲社（共同出版社・流通責任出版社）
〒112-0005 東京都文京区水道1-3-30
TEL 03-3868-3275
装丁イラスト－くにみつ
装丁デザイン－西村弘美
印刷－中央精版印刷株式会社

価格はカバーに表示されてあります。

落丁乱丁の場合はアルファポリスまでご連絡ください。

送料は小社負担でお取り替えします。


ISBN978-4-434-30476-7 C0193